恐怖の谷

コナン・ドイル
駒月雅子＝訳

角川文庫
21863

THE VALLEY OF FEAR

1915 by Sir Arthur Conan Doyle

恐怖の谷　目次

目次

第一部　バールストンの惨劇

第一章　警告

「考えてみたんだが——」と私が言いかけたときだった。

「そうかい、僕もだよ」シャーロック・ホームズはじれったそうに口をはさんだ。辛抱強さでは人後に落ちないと自負していても、さも小馬鹿にした調子でいきなり話をさえぎられれば、さすがに腹に据えかねるというもの。

「これはご挨拶《あいさつ》だね、ホームズ」私はつっけんどんに言い返した。「きみのそういう態度は、ときどきかちんと来るよ」

あいにく当の本人はなにやら考え事をしていて、私の不平など耳に入らないようだった。朝食には見向きもせずテーブルに頬杖《ほおづえ》をつき、今し方封筒から出した便箋《びんせん》に見入っている。しばらくすると封筒を持ちあげ、光にかざしながら表書きと蓋《ふた》のあたりをつくづく眺めた。

「ポーロックの筆跡だな」と思案しながら言う。「これまで二度しか見たことがないが、あの男の字だとわかる。ギリシャ文字を気取った癖のあるeは独特だからね。ポーロックが書いたとすれば、重要な内容にちがいない」

私に話しかけているというより、独り言に近い口ぶりだったが、私は腹が立っていたのも忘れて興味をそそられた。

「誰なんだい、ポーロックというのは？」

「ポーロックはいわばペンネーム、単なる個人識別用の記号さ、ワトスン。ただし、その裏に潜んでいるのは、ずる賢くてつかみどころのない人物でね。以前の手紙に、これは本名ではないと堂々と書いていたうえ、人が何百万とひしめく大都会で自分を捜しだせるものならやってみるがいいと挑発までしてきた。まあ、確かにポーロックは重要な存在だが、それは本人の価値というより、ある大物と接点を持っていることによるんだ。ほら、サメを取り巻くブリモドキとか、ライオンのそばをうろつくジャッカルと同じだよ。要するに、強い親分の先棒担ぎにすぎない。その親分なんだが、ワトスン、強いだけじゃなくて凶悪なんだ――筆舌に尽くしがたいほどにね。そこだよ、僕の領域と交わってくるのは。モリアーティ教授のことは前に話したろう？」

「悪名高き冷徹な犯罪者だったね。悪党どもなら誰もが知っている人物で、対照的に——」

「僕を引き合いに出してくれるのかな?」ホームズは謙遜《けんそん》気味に言った。

「対照的に、世間一般にはまったく知られていないと言おうとしたんだが」

「お見事! 脱帽だ!」ホームズが感嘆する。「不意をついて、絶妙のユーモアで攻めてきたね、ワトスン。これからはせいぜい用心しよう。モリアーティのことだが、犯罪者呼ばわりすると名誉毀損《きそん》で訴えられるぞ。まさにそこが、あの御仁の傑出した驚異的な点だ。稀代《きだい》の策略家として数々の非道な悪事を仕組んできた、暗黒街に君臨する影の支配者。天才的な頭脳の持ち主で、国家の命運をも左右しかねない危険人物——それが彼の正体さ! にもかかわらず、疑われもしなければ糾弾もされない。陰に隠れて、ずる賢く立ちまわっている。だから、さっきのように彼を犯罪者などと呼ぼうものなら、法廷に引きずりだされて、名誉毀損による慰謝料をがっぽり取られるのがおちだ。きみの一年分の年金が消えてなくなるよ。

なにしろ、先方は『小惑星の力学』という名著の生みの親だからね。知ってのとおり、純粋数学の最高峰とあがめられる一方、難解すぎるがゆえにその道の専門家さえ批評できなかったと言われている論文だ。それほどの人物が名誉を傷つけられて黙っているわけがない。きみはこてんぱんにやられて、教授を口さがなく中傷した卑劣な医者と非難されるだろう。あれは天才だよ、ワトスン。いずれ凡人たちの犯罪を片付けて手が空《す》いたら、この僕が相手になってやる」

「二人の対決をぜひ拝見したいものだ！」私はしみじみ言った。「で、ポーロックという男の話だが」

「ああ、そうだった――ポーロックなる男は主要な連結部から少し離れている鎖の環《わ》だが、実を言うと、あまり頑丈にはできていない。僕の調べた限り、彼は鎖における唯一の弱い箇所だ」

「鎖全体の強さは一番弱い部分で決まる」

「まったくもってそのとおりだ、ワトスン！　ポーロックの重要度がきわめて高い理由はそこだよ。心の片隅にこびりついた、あるかなしかの正義感がうずいたんだろうな。鼻薬を嗅《か》がせるつもりで時折送ってやった十ポンド札に見合う有益な情報を一、二度くれたことがあったんだ。おかげで犯罪を予見して、未然に食い止められた。この便りもそういうたぐいのものだろうから、きっと大いに役立つよ。暗号を解読できればの話だけどね」

ホームズは使っていないきれいな皿の上に再び手紙を置いた。私は立ちあがって、彼の後ろからそれをのぞきこんだ。アルファベットや数字が奇妙な具合に並んでいた。

534 C2 13 127 36 31 4 17 21 41
DOUGLAS 109 293 5 37 BIRLSTONE
26 BIRLSTONE 9 127 171

「なんだろうね、ホームズ？」

「秘密の情報を伝えようとしているのは確かだな」

「解読の鍵《かぎ》がない暗号文など用をなさないのに、送ってよこすだろうか？」

「確かに用をなさないね、この場合は」

「〝この場合は〟というと？」

「僕の手にかかれば、新聞の私事広告欄でも読むように楽々解ける暗号はごまんとある。そういう子供だましの代物なら頭の体操にうってつけなんだが、こいつはかなり手強《てごわ》い。なにかの本に書かれた単語を指しているようだが、どういう本のどのページか示してもらわないことには歯が立たないな」

「〝ダグラス（DOUGLAS）〟や〝バールストン（BIRLSTONE）〟が気になるね」

「その本には出てこない単語なんだろう」

「どういう本か示していないのはなぜだい？」

「差出人は老獪《ろうかい》な人物なんだ、ワトスン。生まれつき抜け目ないからこそ仲間内で重宝がられているような男が、暗号文と鍵をわざわざ同封などするものか。なにかの手違いで別の人間の手に渡ったら、一大事だからね。だが別々の便で送れば、両方とも誤配されないかぎりさしたる害はない。ということで、次の便がそろそろ届く時分だ。詳しい説明書の手紙かもしれないし、単語を拾いだすための本そのものが送られてくるとも考えられる」

ホームズの読みは的中し、わずか数分後に給仕のビリーが二通目の手紙を持ってきた。

「同じ筆跡だ」ホームズは開封するなり言った。「本人の署名も添えてある」張り切った口調でつけ加える。「これは期待できそうだぞ、ワトスン」

だが、内容にざっと目を通したホームズはにわかに顔を曇らせた。

「おやおや、がっかりだな。肩透かしを食らった気分だよ、ワトスン。それにしても、ポーロックの身に害が及ばないといいが。

手紙にはこう書いてある。

『拝啓、ホームズ様。この件からは手を引くことにします。危険を感じるのです。どうやら彼に怪しまれているらしい。思い過ごしではないはずです。貴殿に暗号の鍵をお送りしようと、ちょうどこの封筒に宛名を書き終えた直後、前触れもなく彼が訪ねてきたのです。急いで隠しましたが、もし見つかっていたら万事休すだったでしょう。

あのとき彼の目には疑いの色がありありと浮かんでいました。どうか暗号文は焼却してください。貴殿にとってはもはや無用です。フレッド・ポーロックより』」

ホームズは手紙を指でひねりながら、眉《まゆ》をひそめて暖炉の火を見つめた。

「まあ、おそらく」やがて口を開いた。「ただの思い過ごしだろう。後ろめたさのせいだな。自分は裏切り者だという意識から、非難されている気がして相手の視線が怖くなったにちがいない」

「相手とはモリアーティ教授だね？」

「そうとも！　ああいう手合いの話に〝彼〟と出てきたら、あてはまる人物は一人しかいない。連中に対して絶対的権力をふるう支配者に決まっている」

「その〝彼〟とやらはなにを目論《もくろ》んでいるんだろうね」

「うむ、問題はそこだ。敵はヨーロッパ随一の頭脳を持った、暗黒街の勢力を完全に掌握している男だから、どんな悪事も思うがままだ。とにかく、ポーロックはこのとおり心底おびえきっている。ほら、便箋と封筒を見比べてごらん。不吉な訪問を受ける直前に書き終えたという封筒のほうは、明瞭《めいりょう》なしっかりした文字だが、便箋《びんせん》のほうは筆跡が乱れて読みにくい」

「それでもしまいまで書いて、送ったわけか。やめなかった理由はなんだろう」

「不審に思った僕が探りにかかるんじゃないかと心配したからさ。そうなればますます身の危険が増す」

「なるほど、確かにそうだ」私は一通目の暗号文を手に取り、顔に近づけて目を凝らした。「この紙に重大な秘密が隠されているとわかっていながら、人間の英知をもってしても解き明かせないとは、なんともしゃくにさわるね」

ホームズは結局手をつけずじまいで朝食を押しのけ、思索のお供である匂いのきつい煙草に火をつけた。「あきらめるのはまだ早い」椅子の背に身体を預けると、天井を見つめた。

「マキアヴェリ（一四六九―一五二七　イタリアの政治理論家で、『君主論』の著者）流の知性を持つ如才ないきみでも、どこか見逃している点があるんじゃないかな。ここはひとつ純粋理性に従って推論を展開してみよう。この手紙の暗号はある一冊の本が土台になっている。そこを出発点にするよ」

「とらえどころのない感じだね」

「わかった、範囲をもう少し狭めよう。よくよく考えれば、これは決して太刀打ちできない暗号ではないようだ。問題の本に関する手がかりは？」

「まるでなし」

「なあ、いいかい、そんなに難しい話じゃないんだ。暗号文の始まりは534という大きな数字だろう？　これが土台になる本のページを指しているならば、けっこう分厚い本だとわかる。ほら、一歩前進した。じゃあ今度は、その分厚い本に関する手がかりを探そう。次に来る記号はC2だ。なんだと思う、ワトスン？」

「章（Chapter）だろう。第二章を指しているんだ」

「あいにく不正解。ページが示されているなら、章なんかどうでもいいはずだからね。だいいち、五三四ページでまだ第二章ということは、第一章はとてつもない長さにならないか？」

「段（Column）だ！」

「ご名答！　ワトスン、今朝は絶好調だね。そう、僕が著しく見当違いをしているのでなければ、これは段と考えていい。となると思い浮かぶのは、分厚くて、文章が左右二段組みで、しかも暗号文に２９３という数字が出てくることから各段がかなり長い本だ。よし、推論をもっと先へ進められないか？」

「もう無理じゃないかな」

「いいや、きみの能力ならできる。もうひと踏ん張りだ、ワトスン。さあ、なにかひらめかないか？　暗号に使ったのがもしも珍しい本ならば、送ってよこすだろう。しかし、ポーロックは計画が頓挫《とんざ》する前から封筒には鍵だけを入れるつもりだった。手紙にそう書いてある。僕にとって容易に手に取れる本だと判断したからにちがいない。暗号を作るのに用いた本が僕のところにも必ずあるとポーロックは見込んだわけだ。

つまり、誰でも持っているありふれた本なのさ、ワトスン」

「そう言われてみればそうだな」

「だいぶ絞りこめたぞ。ごく一般的な、二段組みで印刷された分厚い本というと？」

「聖書！」私は勝ち誇った気分で答えた。

「いいぞ、その調子だ、ワトスン！　ただし上出来とまでは言えないな。もう少し頭をひねらないと、正解にはたどり着けないよ。まず、モリアーティの仲間が聖書を手近に置いているとは考えにくいだろう？　たとえポーロックは例外だとしても、版の種類が数えきれないほどあるから、僕が同じ版を持っているとは限らない。版が異なるとページがずれてしまう。よって、探すべきは版がひとつしかない本だ。こっちで五三四ページなら、あっちでも五三四ページだとポーロックにはわかっていた」

「その条件に見合う本となると、ごくわずかだろうな」

「ああ、幸いにしてね。版がひとつきりの、誰でも持っていそうな本というところまで対象範囲が狭まったよ」

「『ブラッドショー鉄道案内』だ！」

「それは無理があるだろう、ワトスン。内容はまとまりがあって簡潔だが、語彙《ごい》が少なめだから、一般的なメッセージを作成するには不向きだ。よって、『ブラッドショー鉄道案内』も候補から消えた。これまでに挙げた理由から、辞書や事典の類《たぐい》もありえない。そうなると、残るは？」

「年鑑か！」

「さすがだ、ワトスン！ きみならきっと気づくと信じていたよ。そう、年鑑にちがいない！ 試しに『ホイッテカー年鑑』が該当するかどうか考えてみよう。たいていどこの家にもあって、分厚い。二段組みという条件も満たす。語彙はというと、初めのうちは控えめだが、終わりのほうはけっこう雄弁だったんじゃないかな」

ホームズは机の上からその年鑑を手に取った。「五三四ページの二段目か。どれどれ――英領インドの貿易と資源に関する項で、かなりの字数を費やしている。指示どおりに単語を拾っていくから、書き取ってくれたまえ、ワトスン。十三番目は〝マラータ族〟だ。ううむ、幸先がいい出だしとは言いがたいな。一二七番目は〝政府〟か。まるきり意味をなさないわけではないが、僕らやモリアーティ教授との関連性は薄い。先へ進もう。マラータ族の政府がどうしたのかな。おっと、〝豚毛〟か！ だめだ、ここで行き止まり！」

冗談めかして言ったものの、濃い眉がぴくぴくしている表情から落胆といらだちがうかがえた。私は途方に暮れ、ふがいない思いで暖炉の火を見つめた。しばらく沈黙が流れたが、それを断ち切ったのはホームズが突然発した歓声だった。彼は急いで書棚へ行き、先ほど手に取っていたのと同じ黄色い表紙の本を持ってきた。

「最新のものが一番と決めつけたツケを払わされたよ、ワトスン！」ホームズは勢いこんで言った。「時代を先取りする者は痛い目に遭うものらしい。一月七日だから、当然今年の新しい年鑑だと思ったが、ポーロックが使ったのは古いほうかもしれない。暗号の鍵《かぎ》を手紙に書いてきたならば、その点についても明記してあっただろう。さあ、仕切り直しだ。古いほうの五三四ページはどうなっているかな。十三番目は〝There〟。ほう、望みが持てそうだ。一二七番目は〝is〟――つなげると〝There is〟」

ホームズの目は興奮にきらきらと輝き、文字をたどるほっそりした指も小刻みに震えていた。「続いては――〝danger〟。やったぞ！　その調子だ！　どんどん行くから書き留めてくれ、ワトスン。〝There is danger - may - come - very - soon - one〟。ここで人名の〝Douglas〟が入る。その先は、〝rich - country - now - at - Birlstone - House - Birlstone - confidence - is - pressing（大意：バールストンにあるバールストン館のダグラスという田舎の資産家に危険が迫っている。一刻の猶予もならないと確信している）〟。これで一丁上がりだ、ワトスン！　純粋理論の威力はすばらしいだろう？　青物屋に月桂樹の冠が売っているなら、すぐにもビリーを使いに出したいところだ」

私は膝《ひざ》の上に視線を落とし、ホームズの解読したとおりに書き記した奇妙な文章を眺めた。

「ずいぶんとぎくしゃくした不可解なメッセージだね！」

「そんなことはない。よくできているよ」ホームズが反論する。「きみもやってみればわかるだろうが、本のページから拾い集める方法では、自分の伝えたい内容に適した言葉がなかなかそろわないものだ。不足分はメッセージを受け取る側の知性と勘で補ってもらうしかない。この文章ならおおよその意味は充分つかめるよ。田舎の特定の地名を挙げて、その村に住むダグラスという裕福な紳士が悪人にねらわれている、と警告しているんだ。あとに続く〝一刻の猶予も〟云々《うんぬん》の部分だが、〝confidence〟となっているのは〝confident〟が見つからなかったので似通った単語で代用したんだろう。以上が暗号の分析結果だ。どうだい、実に鮮やかな手並みだと思わないか？」

ホームズときたら、理想どおりの成果を得られないと激しく落ちこむのに、首尾よく行ったときは真の芸術家もかくやというほど手放しで喜ぶ。彼がくすくす笑いながら成功の余韻に浸っているところへ、突然ドアが開き、給仕のビリーに案内されてスコットランド・ヤードのマクドナルド警部が入ってきた。

現在のアレック・マクドナルドは国じゅうで評判の腕利きだが、これは一八八〇年代の終わりにさしかかろうとする頃の話である。当時はいくつかの事件で目覚ましい働きをし、若手ながら実力のある有望な刑事と期待されていた。長身で骨太の体格からすると腕っぷしの強さはかなりのものだろうし、大きな頭蓋骨《ずがいこつ》や、濃い眉《まゆ》の奥で鋭く光る目は、明敏な知性がそこに宿っていることをうかがわせる。強いアバディーン訛《なまり》で話す、厳格な雰囲気をまとった物静かで几帳面《きちょうめん》な男だ。

　ホームズは過去に二度、捜査に協力してマクドナルド警部に手柄を立てさせてやったことがあった。しかも、知力で事件を解明する満足感がホームズにとってなによりの褒美だから、返礼は一切求めなかった。そうした経緯から、このスコットランド人警部は民間人の探偵であるホームズに深い敬意と親愛の情を抱いており、難問に突きあたるたびに飾らない態度で意見を求めに来るのだった。

　凡人は上には上があることを見失いがちだが、才人は天才を一瞬にして見分ける。刑事としての資質充分なマクドナルドは、才能も経験もヨーロッパで他の追随を許さない名探偵になら、力を借りるのは不面目でもなんでもないと悟っているのだ。ホームズのほうもおいそれとは友情にほだされないが、この大柄なスコットランド人に対しては寛大にふるまう。今朝も訪ねてきたマクドナルド警部を笑顔で迎えた。

「ずいぶんと早起きじゃないか、マック君」ホームズが話しかける。「早起きは三文の徳と言うが、ここへ来たということは頭の痛い面倒事を抱えているんだろうね」

「本当は〝頭の痛い〟じゃなくて、〝待ちに待った〟とおっしゃりたいんでしょう、ホームズさん？」マクドナルド警部は心得顔でにやりとした。「それにしても、今朝は一杯ひっかけでもしないと凍えそうな冷えこみですね。いいえ、煙草はけっこうです。

急いでいますので。初動捜査の重要性はホームズさんもよくご存じでしょう。この数時間で勝負が決ま――おやっ! なぜ――?」

警部は突然口をつぐんだかと思うと、テーブルの上の紙切れを愕然《がくぜん》と見つめた。私がホームズの言ったとおりに書き留めた例の奇妙なメッセージに気づいたようだ。

「ダ、ダグラス!」警部はつっかえながら言った。「おまけにバールストン! どういうことですか、ホームズさん? 魔法でも使ったとしか思えない! この名前をいったいどこから?」

「さっきワトスン博士と一緒に解読した暗号文だよ。どうしたんだい? その名前になにか問題でも?」

警部は面食らった表情で私たち二人を代わる代わる見た。「問題もなにも、バールストン館のダグラス氏は昨晩むごたらしく殺されたんですよ」

第二章　シャーロック・ホームズは語る

我が友人にとっては生きる糧ともいうべき劇的瞬間の到来だった。もっとも、驚愕に値する情報とはいえ、ホームズにぎょっとしたり興奮したりする素振りは見られなかった。彼は独特の気質の持ち主で、決して無慈悲ではないが、どこか冷めたところがあるらしい。しかし、感情は停滞していても、知性はすこぶる活発に働いているのだろう。マクドナルド警部がそっけなく放った言葉の恐ろしさに私は戦慄《せんりつ》を覚えたが、ホームズは顔色ひとつ変えなかった。実験室で過飽和溶液の結晶化を真剣に観察している化学者よろしく、好奇心の浮かんだ静かな表情だった。

「これは興味深い！」ホームズが声を上げる。「実に興味深い！」

「驚いてはいらっしゃらないんですね」

「マック君、興味をそそられはしても、驚くことではないんだ。驚かなければならない理由がどこにある？　今朝、重要な情報源である偽名の差出人から手紙が来て、ある人物に危険が迫っていると知らされた。そうしたら、一時間と経たずに今度はきみから、その人物の訃報《ふほう》を聞くこととなった。どうやら危険が現実のものになったらしい。興味をそそられたのは事実だが、このとおり驚いてはいないよ」

そのあとホームズは例の手紙と暗号について手短に説明した。両手で頬杖《ほおづえ》をついて座っているマクドナルド警部は、話を聞いてふさふさした立派な砂色の眉を大きくひそめた。

「これからバールストンへ向かうのですが」警部は言った。「よろしければホームズさんに——ご友人ともどもご同行いただけないかと、ここへ立ち寄った次第でして。ですが、いまうかがった状況からすると、ロンドンにとどまって捜査を進めたほうがいいでしょうね」

「その意見には賛成しかねる」

「どうしてですか、ホームズさん！」警部がむきになって言い返す。「これから数日間は、どの新聞もバールストンの謎をこぞって書き立てるはずです。犯罪を予告した人物がロンドンにいるなら、話は簡単じゃありませんか。そいつをとっつかまえさえすれば、あとは一気にけりがつきますよ」

「お説ごもっとも、マック君。しかし、ポーロックなる人物を特定する算段はついているのかい？」

マクドナルド警部がホームズから渡された手紙を裏返す。「消印から、投函《とうかん》した場所はカンバーウェル——これは手がかりのうちには入りません。名前も然《しか》り。偽名だというお話でしたので。うむ、早くも行き詰まったか。待てよ、先ほどホームズさんはその男に金を送ってやったことがあるとおっしゃいましたね？」

「ああ、二回ほど」

「どこへですか？」

「カンバーウェル局留めだ」

「そこへ行って、誰が受け取りに来るか見張ったんでしょう？」

「いいや」

「なぜです？」警部はあっけにとられた様子で、口調にいらだちをにじませた。

「筋を通すためさ。最初の手紙を受け取ったとき、彼の素性を調べるつもりはないと固く約束した」

「背後で糸を引く人物がいるとお考えで？」

「実際にいるんだ。僕にはわかっている」

「以前のお話に出てきた教授ですか？」

「そのとおり！」

マクドナルド警部は薄笑いを浮かべ、思わせぶりに私を一瞥《いちべつ》した。「この際、率直に申しましょう、ホームズさん。スコットランド・ヤードの犯罪捜査部では、あなたが例の教授にいささか執着しすぎではないかと皆考えています。わたしもいろいろ調べてみましたが、学識が深い才能ある一流の学者という印象でした」

「彼の才能を認めたのは一歩前進だな」

「認めるしかないじゃありませんか！　ホームズさんのご意見をうかがって、ひとつ確かめてみなければとじかに会いに行ったんです。どういう流れだったかは忘れましたが、日蝕《にっしょく》の話になりましてね。すぐに反射板付きのカンテラと地球儀を持ってきて、その現象をわかりやすく説明してくれましたよ。本も貸してもらいました。もっとも、あまりに難解で、アバディーンでそれなりの教育を受けたわたしにもちんぷんかんぷんでしたが。見た目は細面に白髪交じりの頭といい、威厳たっぷりの話し方といい、高名な牧師もかくやとばかり。別れ際は励ますようにわたしの肩に手を置いて、冷たく厳しい社会へ息子を送りだす温厚な父親という感じでしたよ」

　ホームズは含み笑いしながら両手をこすり合わせた。「感動的だ！　実に感動的だよ！」さらにこう続ける。「マクドナルド君、教授のお宅で心打たれるなごやかなひとときを過ごしたわけだね。彼と対面したのは書斎かな？」

「そのとおりです」

「立派な部屋だったろう？」

「ええ、それはもう。たいそう立派な堂々たる部屋でした」

「書き物机をはさんで教授の真向かいに座ったんだね？」

「そうですが」

「彼の背後にある窓の陽射しで、当人の顔は陰になっていたのでは？」

「訪ねていったのは夜でしたが、確かに陰になっていましたね。ランプの光がわたしの顔に向けられていたものですから」

「やはりそうか。きみ、教授の頭の上にかかっていた壁の絵に気づいたかい？」

「その点は抜かりありませんよ、ホームズさん。多少はあなたから学んでいる証拠でしょうね。あの絵なら、しっかり目に収めました。両手を頭に添えて横目でこちらを見ている若い娘の肖像画でした」

「描いたのはジャン＝バティスト・グルーズだ」

警部が興味ありげな表情を作ろうと苦心しているのがわかる。

「ジャン＝バティスト・グルーズはね」ホームズは椅子の背にゆったりともたれ、肘《ひじ》を曲げて両手の指先を合わせた。「一七五〇年から一八〇〇年にかけて活躍したフランス人画家だ。活動した、と言い直したほうがいいだろう。絵の活躍はいまも続いているからね。現代における彼の作品の評価は当時よりもはるかに高い」

警部はあからさまにしらけた目つきになる。

「そんなことよりも――」

「これはどんなことよりも大事な話だ」ホームズが途中でさえぎった。「なにしろ、きみが〝バールストンの謎〟と呼ぶ事件に直接、それも密接に関わってくるんだからね。ある意味では、それこそが問題の核心と言える」

マクドナルド警部は心細げにほほえんで、助けてくれと言わんばかりに私のほうを見た。「ホームズさん、あなたの思考はすばしっこくて追いつけませんよ。一段飛ばし、二段飛ばしで突っ走るから、途中の経緯がさっぱりわからない。この広い世界で、とうの昔に亡くなった画家とバールストンでの出来事がいったいどうつながるんです？」

「探偵にとって役立たない知識などひとつもない」とホームズ。「グルーズの作品である『子羊を抱く少女』は、一八六五年におこなわれたポルタリース画廊の競売で百二十万フラン――つまり四万ポンドを下らない金額で売却されたが、そういうささいな出来事もきみにとって考えをめぐらすとっかかりになりうるんだ」

警部はさっそく考え始めたようで、好奇心をあらわにした表情に変わった。

「参考までに言っておくが」ホームズがつけ加える。「信頼できる資料を複数あたったところ、あの教授の年収は七百ポンドとわかった」

「だったら、絵画など買え――」

「そうとも！　買えっこないんだよ」

「いやはや、驚きました」警部は感慨深げに言った。「ホームズさん、続きをぜひお聞かせください。その話、興味をそそりますね。魅力満点です！」

ホームズは顔をほころばせた。まじりけのない心からの賛辞を贈られると、決まって嬉《うれ》しそうにする。真の芸術家に特徴的な反応だ。「バールストンへ行くんじゃなかったのかい？」

「まだ時間があります」警部は懐中時計をちらりと見て答えた。「玄関の前に馬車を待たせてありますから、走りだせばヴィクトリア駅まで二十分足らずです。それより、書斎にあった絵の話に戻りましょう。ホームズさんは以前、モリアーティ教授には会ったことがないとおっしゃっていましたね？」

「そのとおりだ。一度も会ったことがない」

「どういうわけで、家の内部の様子をご存じなんですか？」

「まあ、それとこれとは話が別でね。あの家には実は三回入ったことがあるんだ。初めの二回は別々の適当な口実をもうけて訪問し、部屋へ通されたあと彼が現われるのを待たずに辞去した。最後の一回は――ううむ、そうだな、警察の人間に明かすのははばかられる方法を用いたとだけ言っておこう。で、その際に黙って彼の書類をざっと調べさせてもらったところ――まるきり予想外の結果だった」

「不審な点が見つかったんですか？」

「いいや、それらしきものはひとつもなかった。だから驚いたんだ。しかし、例の絵画がなにを意味するかはわかるね？　あれは教授が大金持ちである証《あかし》だ。となると、どこでそれだけの富を得たんだろう。独り身だから妻の財産ではない。実弟はイングランドの西のほうで駅長をしている。自身の年収はさっきも言ったとおり七百ポンド。にもかかわらず、グルーズの絵の所有者だ」

「そうなりますと？」

「容易に察しがつくはずだよ」

「本当は多額の収入を得ているが、それは非合法な手段で稼いだものだってことですか？」

「ご名答。むろん、そう考える根拠はほかにもあってね――蜘蛛《くも》の巣のように張りめぐらされた幾本もの細い糸をたどっていくと、中心には毒を持った邪悪な生き物がじっと隠れているといった具合だ。きみ自身が目にしているのでグルーズの件を持ちだしたが、それはほんの一例さ」

「ふむふむ。ホームズさん、なかなか興味深いお話ですね。いや、そんな言葉じゃ足りない。すこぶる斬新《ざんしん》で、はっとさせられましたよ。ですが、もう少し具体的にお聞かせ願えませんかね。非合法というと、文書偽造や贋金《にせがね》づくりですか？　それとも強盗？　彼はどうやって稼いでいるんです？」

「ジョナサン・ワイルドという人物を知っているかな？」

「はあ、名前には聞き覚えがありますね。探偵小説の登場人物だった気がしますが、小説のなかの探偵にはあまり興味がないんです――連中は事件を解決しても、方法を満足に説明できたためしがない。どうせただの勘や当てずっぽうなんでしょう。捜査のうちには入りませんよ」

「ジョナサン・ワイルドは探偵じゃない。小説に出てくる架空の人物でもない。実在の大悪党なんだ。前世紀――一七五〇年あたりに生きていた」

「だったら、わたしにとってはお呼びでない。こう見えても現実的な人間ですからね」

「マック君、きみの実生活に取り入れるべき最も現実的な行動は、三ヵ月間どこかに閉じこもって、毎日十二時間は犯罪史を読むことだな。歴史は繰り返す――モリアーティ教授だって例外じゃない。ジョナサン・ワイルドというのはロンドンの裏社会を牛耳っていた男なんだ。知能や組織力と引き換えに犯罪人どもから十五パーセントの手数料を受け取っていた。時の車輪は回り続け、過去がめぐってくる。どれもこれも以前起きたことであり、この先もまた起こるだろう。モリアーティに関して、とっておきの耳寄りな話をいくつか披露してあげよう」

「それはありがたいですな」

「一本の鎖がある——悪の道に進んだナポレオンとも言うべきモリアーティを一端に据え、暴漢、スリ、強請屋《ゆすりや》、いかさまトランプ師など、ありとあらゆる種類の犯罪者どもがつながっている。その数は百人を下らないだろう。連中の筆頭、すなわち第一の環《わ》にあたる人物を僕はたまたま知ることとなった。モリアーティの参謀長、セバスチャン・モラン大佐だ。彼もやはり司直の手が及ぶことのない、法の網から離れた安全な場所にいる。この男に教授はいくら払っていると思う？」

「見当もつきません」

「年に六千ポンドだ。彼が持つ頭脳の対価としてね——アメリカの営利原則に通じるところがある。詳しいだろう？　まったくの偶然から手に入れた情報なんだ。それにしても、首相の年俸を上回る金額とは恐れ入ったよ。モリアーティの懐に入る利益と活動規模がいかに大きいかは推して知るべしだな。補足にもうひとつ。最近モリアーティが切った小切手をいくつか探し集めて、内容を調べてみた。すると、一見したところ生活費を支払うためのありふれたものだったが、六つの異なる銀行から振りだされていたんだ。なんとなく胡散臭《うさんくさ》いだろう？」

「ぷんぷん臭いますね！　で、ホームズさんはどのような解釈を？」

「教授は富を世間に隠しておきたいんだ。大金を貯《たくわ》えていることは誰にも知られたくないのさ。そのために銀行口座を二十は持っているはずで、財産の大部分を預けているのは海外の銀行だ。たぶんドイツ銀行かクレディ・リヨン銀行だろう。きみもいつか暇な時間ができたら、一、二年かけてモリアーティ教授のことを徹底的に調べてみてはどうかな」

マクドナルド警部の興味はつのる一方で、さっきからこの話題に没頭していたが、現実的なスコットランド人らしい生真面目さゆえか、急に目の前の問題に引き戻されたらしい。

「とりあえず、その件は措《お》いときましょう」警部は言った。「披露してくださった逸話があまりに面白くて、つい横道にそれてしまった。いま重要なのはモリアーティ教授と今回の事件に関連性があるというホームズさんのご指摘です。先ほどのお話から、ポーロックという男が事前に危険を知らせてきたことはわかりました。ほかにもっと捜査の参考になりそうな話はありませんか？」

「犯罪の動機については目星をつけられると思うがね。きみの話からすると、不可解な殺人、控えめに言っても謎めいた怪事件のようだ。さて、そこでだが、われわれのにらんだとおり例の教授が今回の事件の根っこだとすれば、考えられる動機は二つ。まず、モリアーティは配下の者たちを鉄鎖のごとく厳格な掟《おきて》で縛り、逆らった場合の制裁は言語に絶する。モリアーティ法典の罰はただひとつ、死だ。よって、ダグラスが殺されたのは、彼に迫る破滅の危機を犯罪王の手下の一人が予期していたことからも、なんらかの裏切り行為に及んだせいかもしれない。裏切り者を周囲に知れ渡る形で処刑すれば、ほかの手下どもにもにらみを利かせられる——いうなれば、見せしめだ」

「なるほど、仮説として充分成り立ちますな、ホームズさん」

「もうひとつ、モリアーティが通常業務の一環として手がけた悪事とも考えられる。なにか盗まれたものは？」

「いまのところ報告されていません」

「言うまでもないが、盗まれたものがあった場合はひとつ目の仮説が打ち消され、二つ目の仮説が有力になる。この犯罪を教授は戦利品の分け前か多額の現金と引き換えに企てたんだろう。とにかく、現時点ではまだどちらとも言えないな。ひょっとしたら三つ目が浮上するかもしれない。いずれにしろ、答えを知るにはバールストンへ行かなければ。あのモリアーティのことだから、自分が関与している証拠をロンドンに残すはずがない」

「では、さっそくバールストンへ乗りこみましょう！」マクドナルドは威勢よく立ちあがった。「おっと、もうこんな時間だ！　恐縮ですが、お二方とも五分で支度をお願いします。でないと間に合いません」

「それだけあれば充分さ」さっと腰を上げたホームズは、てきぱきした動作でドレッシング・ガウンからコートに着替えた。「道中、事件について一切合切話してもらうよ、マック君」

要望に反して、〝一切合切〟は〝ほんのわずか〟だったが、名探偵が捜査に乗りだすにふさわしい事件であるのは間違いなかった。数は少ないながら注目に値する特徴的な事柄が語られるあいだ、ホームズは明るい表情でしきりと骨ばった両手をこすり合わせ、熱心に聞き入っていた。何週間も不毛な時間を過ごしてきたあとに、ようやく非凡な能力を活用できる機会が訪れたのだ。天賦の才というのは、発揮されないと持ち主にとって手に余るお荷物になるのだろう。剃刀《かみそり》と同じで、どんなに鋭い頭脳も使わなければ錆《さ》びてなまくらになってしまう。

いよいよ出番が到来したいま、ホームズの目はらんらんとして、青白い頰はうっすら朱を帯び、内なる熱意の光で顔全体が生き生きと輝いていた。馬車の座席で前かがみになった彼は、サセックスで待つ事件のあらましを一片も聞き漏らすまいと、マクドナルド警部の話にじっくり耳を傾けている。警部の説明は今朝早く牛乳列車で届いた走り書きの手紙に基づいていた。彼が現地のホワイト・メイスン主任捜査官と個人的に親しかったため、地方警察からスコットランド・ヤードへの協力要請が通常よりもはるかに迅速におこなわれたのだ。そもそも、ロンドン警視庁の犯罪捜査部から人が駆りだされるのは、手がかりがきわめて乏しい事件のみである。

以下にマクドナルド警部が読みあげた手紙の内容を記す。

マクドナルド警部殿

公式の要請状は別便にて送付します。これはあくまで個人的なお願いです。これからすぐバールストンまでご足労いただけるなら、汽車の時間を電報でお知らせください。駅までお迎えに上がります——どうしても手が離せない場合は、代わりの者を行かせます。一刻を争う非常に厄介な事件です。できましたら、ホームズさんをお連れいただけないでしょうか。あの方なら独特の方法で糸口を見つけだしてくださるかもしれません。舞台の真ん中に転がっているのが本物の死体でなければ、手の込んだ迫真の芝居だと思いたいところです。不可解なこと甚だしき怪事件、これ一言に尽きます。


「きみの友人はそれほど出来は悪くないようだ」とホームズは評した。

「はい、わたしに言わせれば、ホワイト・メイスンはなかなかの切れ者です」

「事件についてほかにきみが知っていることは？」

「ありません。現地に着けば、彼が詳しく説明してくれるでしょう」

「ダグラス氏の名前や、彼がむごたらしく殺されたという情報はどこで手に入れたんだい？」

「ホワイト・メイスンの手紙に同封されていた公式報告です。書類の性質上、〝むごたらしく〟という表現は使われていませんが、ジョン・ダグラスの名前と、彼の頭部が散弾銃の弾を受けて損傷している旨が書かれていました。警察に通報があったのは昨夜十二時近く。他殺の疑いが濃厚であるものの、逮捕者はまだいないとのこと。尋常ならざる、きわめて異様な事件であるとしめくくってあります。いまのところ、判明している事実はこれで全部です、ホームズさん」

「なるほど。じゃあ、話はここまでとさせてもらうよ。材料が足りない状態で早まって仮説を立てるのは失敗のもと。われわれのような捜査の専門家にとっては命取りだ。現時点で存在が明白なのは二人だけ。ロンドンにいる天才的頭脳の持ち主と、サセックスの死者。彼らのあいだの鎖をたどっていくのがわれわれの仕事だな」

第三章　バールストンの惨劇

ここで私個人のお粗末な主観を交えた話はいったん脇に置き、私たちが足を踏み入れる前にバールストンで起きた出来事を、のちに知った事柄に照らしながらまとめておこう。事件の関係者や、彼らの運命を決することとなった特殊な事情を読者諸賢に理解していただくには、それ以外に方法はないと愚考したがゆえである。

バールストンは、はるか昔に建築された木骨造《ハーフティンバー》の田舎家がひっそりと集まるごく小さな村で、サセックス州の北端に位置している。時が止まったように何世紀ものあいだ変わらない風景だったが、数年前から古色蒼然《そうぜん》とした絵画のようなたたずまいと好ましい立地条件が富裕層をひきつけるようになった。現在では、周囲の森のなかに建つ彼らの瀟洒《しょうしゃ》な別荘が木立を透かしてうかがえる。地元で聞いた話によれば、この森はウィールド森林地帯の外縁に含まれており、北端はまばらになって白亜の丘陵と接しているそうだ。

人口増加に伴って、必然的に村には小さな商店が数多く軒を並べるようになった。バールストンが古風な村から現代的な都市へと変貌《へんぼう》する日もそう遠くないだろう。一番近い町タンブリッジ・ウェルズでさえケント州との州境をはさんで東へ十マイル以上も離れているため、もとよりバールストンは広大な田舎の要所となっていた。

　さて、バールストンの中心から半マイルほど行ったブナの大木が目を引く昔の荘園に、由緒あるバールストン館が建っている。古雅な建造物はもともと第一回十字軍(十一世紀末)の時代の小要塞《ようさい》で、ヒューゴー・ド・カプスが赤顔王ウィリアム二世から賜った領地の中央に築いた。その後、一五四三年の火事で焼け落ちたものの、ジェームズ一世の治世(一六〇三—二五年)に黒く煤《すす》けた礎石の一部を用いて再建がなされた。封建時代の城郭の焼け跡にレンガ造りの立派な邸宅がお目見えしたのである。

　破風をいくつも連ね、窓に小さな菱形《ひしがた》のガラスがはめこまれたバールストン館は、十七世紀初頭の建設当時の姿をとどめている。もっとも、戦の心得がある先祖によって防御のため二重にめぐらされた濠《ほり》のうち、外側のほうはのちに空濠に変わり、現在は家庭菜園として使われている。内側のほうは濠のままで、水深はわずか数フィートだが、幅は四十フィートあり、館《やかた》全体をぐるりと囲んでいる。細い小川の水が絶えず流れこんでは流れでていくため、濠は不透明ではあっても、どぶのように汚れて淀《よど》むことはない。水面から一フィート足らずの高さに一階の窓がある。

館へ入るには跳ね橋を渡らなければならないが、跳ね橋を動かす鎖と巻き揚げ機は錆びて壊れたまま長らく放置されていた。それを新たに館の住人となった活力旺盛《おうせい》な人物が修理し、跳ね橋を可動橋としてよみがえらせたばかりか、実際に毎日夜になれば上げ、朝になれば下ろすようになった。こうして封建時代の習慣が復活したことにより、夜間のバールストン館は離れ小島に変わったのである——それは間もなくイギリス全土で注目の的となった怪事件と重要な関わりを持つ。

長年空き家の状態が続いて、このまま絵画の廃墟《はいきょ》のごとく朽ち果てるかに思われていた矢先、ダグラス一家が館の新しい所有者となった。家族は夫妻の二人だけで、夫のジョンは容姿と人柄のいずれも特筆に値する男だった。歳は五十がらみ、眼光鋭い灰色の目と角ばった顎《あご》のいかつい面貌《めんぼう》で、ちらほらと白いものが交じった口ひげをたくわえている。若者に引けを取らない体力と機敏さがみなぎる強靭《きょうじん》な肉体の持ち主であることも書き添えておこう。彼は誰に対しても朗らかで親切だったが、物腰がどことなく荒っぽいせいか、サセックス州の社交界よりはるかに低い階層で生きてきた者という印象を与えた。

そのため洗練された隣人たちからよそよそしい好奇の視線を向けられたが、村人たちのあいだでは大変な人気者だった。地元のあちこちに気前よく寄付し、喫煙のできる音楽会などの催しにも積極的に出かけていった。そうした場では機会があれば臆《おく》せず豊かなテノールの美声で朗々と歌い、場を盛りあげた。金はうなるほどあるらしく、カリフォルニアの金鉱で大儲《おおもう》けしたのだろうと周囲ではささやかれていた。当人や夫人の話から、ダグラス氏が以前アメリカで暮らしていたことは明らかだった。

物惜しみせず気取らない性格で村人から好印象を持たれていたダグラス氏は、肝の据わった勇猛心あふれる行動によって一段と評判が高まった。たとえば、乗馬はからきしだめだというのに競技会が開かれれば毎回参加した。最後はものの見事に落馬するが、達人たちに果敢に追いすがる姿勢は誰から見てもあっぱれだった。また、牧師館で火災が発生したときは、地元の消防団がもう手のつけようがないとあきらめているなか危険を顧みず建物へ飛びこみ、家財道具を運びだすという手柄を立てた。こうして領主館の新しい主《あるじ》となったジョン・ダグラスは、五年も経つ頃には村民から絶大な信頼を寄せられていたのである。

夫人のほうもつきあいのある人々には好かれていた。田舎では紹介者なしで引っ越してきたよそ者の住人と進んで親しくなろうとする者は少ないが、彼女にそれを苦にする素振りはなかった。もともと内気な性格のうえ、見たところ夫の世話や家事に明け暮れているらしく、家にこもりがちだったからだ。生まれはイギリスで、ロンドンにいた頃に男やもめだったダグラス氏と出会ったらしい。背の高い黒髪のほっそりとした美人で、夫より二十歳くらい若いが、歳の差があっても夫婦円満のようだった。

しかし、懇意にしている者たちによれば、ダグラス夫妻が心から信頼し合っているふうには見えないときもあったらしい。夫人は夫の過去について口が重く、その理由は話したくないというより、よく知らないからではないかと感じられたそうだ。また、予定の時刻を過ぎても夫が帰らないと、夫人はひどく心配して居ても立ってもいられない様子になり、それに目ざとく気づいた者たちはなにやら事情がありそうだと陰で言い合った。田舎の単調な生活ではどんな噂話もごちそうだ。領主館の奥方がこんなふうにわずかでももろさを見せれば、村人の口の端にのぼるのは避けられないだろう。しかも、のちに発生した事件でその事柄がきわめて重大な意味を持ち得たため、住民の記憶にいっそう深く刻みつけられる結果となった。

ダグラス夫妻のほかにもう一人、バールストン館と関係の深い人物に触れておきたい。館へたびたび泊まりに来ていた客だが、怪事件が起きた際も滞在中だったため名前が世間で取り沙汰《ざた》された。セシル・ジェイムズ・バーカーという男で、自宅はロンドンのハムステッドにあるヘイルズ荘とのこと。

長身のセシル・バーカーが目抜き通りをぶらぶら歩いている姿は、村人たちにとっておなじみの光景だった。それほど頻繁にダグラス家に招かれていたのである。さらに注目すべきは、ダグラス氏の謎めいた過去とイギリスでの新しい生活の両方を知る唯一の友人だったことだ。バーカーはイギリス人だが、当人のいろいろな話から、ジョン・ダグラスとはアメリカで知り合い、向こうにいる頃から親しく交際していたのは明らかだった。このバーカーも大金持ちで、どうやら独身らしい。

年齢はダグラスよりいくぶん若そうなので四十五くらいだろう。上背があって胸板の厚いがっしりした体格で、面貌は拳闘家《けんとう》を思わせた。黒々とした太い眉《まゆ》と、その奥に光る威圧的な黒い目。彼が自慢の腕力をふるうまでもなく、敵の集団は一斉に散って道をあけるだろう。館に滞在しているあいだの過ごし方はというと、乗馬や狩猟はたしなまず、毎日パイプをくわえて村のなかを歩きまわるか、招待主のダグラスと、彼がいないときは夫人と、馬車で美しい田園地帯へ足を延ばすかしていた。

「のんびりしたおおらかな紳士でいらっしゃいます」執事のエイムズはバーカーについてそう述べた。「と申しましても、あの方のご機嫌を損ねるようなことは慎むべしと肝に銘じておりますが」

バーカーはダグラスと心から打ち解け合う仲だったが、ダグラス夫人とも親しく接していた――ダグラスにはそれがお気に召さなかったらしく、使用人たちにもはっきりとわかるくらい不満をあらわにしていたそうだ。以上が、問題の惨事が起きたときにダグラス夫妻のそばにいた第三の人物に関する情報である。

古式ゆかしい館だけあって使用人を含めればそれなりに大所帯だが、先に言及した実直で有能な執事の鑑《かがみ》というべきエイムズと、家を切り盛りする夫人の頼もしい助《すけ》っ人《と》である陽気で丸々太ったアレン夫人、この二人を挙げておけば事足りるだろう。ほかの六人の使用人は一月六日の晩に起こった出来事と一切関係がない。午後十一時四十五分、サセックス州警察のウィルスン巡査部長が受け持つ地元の小さな警察署に事件の第一報がもたらされた。血相を変えたセシル・バーカーがいきなり飛びこんできて、呼び鈴を荒々しく鳴らしたのだ。恐ろしいことが起こった、バールストン館でジョン・ダグラスが殺された。激しくあえぎながらそれだけ言うと、急いで館へ引き返していった。巡査部長も州警察本部に緊急事態を伝えたあと、ただちに現場へ急行した。着いたのは午前零時を少し回った頃だった。

巡査部長の談によれば、跳ね橋は下ろされた状態で、窓という窓に明かりがともり、邸宅は混乱をきわめていたという。青ざめた使用人たちは玄関ホールで縮こまって身を寄せ合い、戸口で出迎えた執事もおびえた表情で手をしきりともみ合わせていた。セシル・バーカーだけが感情を抑えて冷静にふるまっているように見えた。彼は玄関から一番近いドアを開け、巡査部長にこっちだと合図した。ちょうどそのとき、いつもきびきびしている腕のいい村の開業医のウッドが到着し、三人一緒に災厄の部屋へ入った。恐怖で緊張した執事がすぐあとに続いてドアを閉め、恐ろしい光景がメイドたちの視界に入らないようさえぎった。

死んだ男は部屋の真ん中で手足を投げだし、あおむけに倒れていた。寝巻の上に薄紅色のドレッシング・ガウン、素足に毛織地の室内履きという恰好《かっこう》だった。ウッド医師は死体のそばにひざまずいて、テーブルから手提げランプを取った。明かりに照らされると、もう手のほどこしようがないのは一目瞭然《りょうぜん》だった。それほどひどいありさまだったのである。死体の胸には珍しい銃が載っていて、銃身を引き金の一フィート前まで短く切り詰めた散弾銃だとわかった。至近距離からまともに撃たれたらしく、頭は完全に吹き飛んでいた。同時に発射して威力を高めるねらいだろう、二連式の引き金は針金でつながれていた。

村の警官は突然背負いこむはめになった重責に狼狽《ろうばい》し、不安を抱いた。「このままにして上の者が来るのを待ちましょう」ウィルスン巡査部長は無残なありさまの頭部を恐ろしげに見つめながら、小声で言った。

「手を触れた者は誰もいません。確かです」セシル・バーカーは請け合った。「わたしが見つけたときのままです」

「それは何時頃ですか？」巡査部長が手帳を取りだして尋ねる。

「ちょうど十一時十五分でした。自分の寝室で、着替える前に暖炉のそばに座っていたら、銃声が聞こえたのです。さほど大きな音ではなく――くぐもった感じでした。すぐに下りていったので、部屋へ駆けこんだときは銃声から三十秒くらいしか経っていなかったはずです」

「ドアは開いていましたか？」

「開いていました。ダグラスはこの状態で倒れていて、テーブルに火のともった寝室用の蠟燭《ろうそく》が置いてありました。ランプの明かりは少ししてからわたしがつけたのです」

「人の姿は？」

「ありませんでした。ダグラス夫人が階段を下りてくる足音が聞こえたので、こんな恐ろしい場面を見せるわけにいかないと、急いで部屋から出ました。ちょうど家政婦のアレン夫人が来て、向こうへ連れていってくれましたが。エイムズもいたので、彼と一緒にここへ戻りました」

「夜間は跳ね橋を上げたままにしておくそうですね」

「ええ、わたしがさっき下ろすまでは上がっていました」

「ならば、ダグラスさんを殺した犯人はどうやって逃げたんでしょう。逃げられっこないですよ！　つまり、これは自殺だということです」

「われわれも最初はそう思ったんですよ、これに気づくまでは」バーカーはそう言ってカーテンを開けた。菱形《ひしがた》のガラスがはまった細長い窓が大きく開け放たれていた。「ほら、見てください！」彼がランプを下げて木の窓枠を照らすと、血染めの靴跡が光に浮かびあがった。「ここから出ていった者がいます」

「濠《ほり》を渉《わた》って逃げたということですか？」

「そのとおり！」

「銃声を聞いてからわずか三十秒後だったとすれば、あなたが駆けつけたとき、賊はちょうど水中にいたんでしょうね」

「そうにちがいない。すぐに窓を調べなかったことが返す返すも悔やまれる！　さっきのようにカーテンが閉まっていたので、まったく思いつかなかったのです。しかもダグラス夫人の足音がしたものですから、そちらに気を取られてしまって。見てのとおりの惨状です、彼女を部屋に入れるわけにはいきません」

「まさしく惨状だ！」ウッド医師は無残につぶれた頭部とあたりに飛び散った血しぶきに視線を向けた。「これほどひどいのを見たのはバールストン鉄道の衝突事故以来ですよ」

「いやあ、しかし、ちょっと待ってくださいよ」素朴な思考をゆったりと働かせている巡査部長は、まだ開いた窓のことが気にかかるらしい。「犯人が濠を渉って逃げたという説はもっとも至極ですが、侵入するときはどうしたんです？　橋が上がっていたのに、どうして館《やかた》へ入れたんでしょう」

「そうか、確かに重大な疑問だな」バーカーは言った。

「橋が上がったのは何時ですか？」

「六時少し前でございました」執事のエイムズが答える。

「ほう、日没の時刻に合わせて上げる習慣だと聞いていましたが」巡査部長は言った。

「いまの時期だと四時半頃のはずでは？」

「奥様がお茶に客人を招いていらっしゃいましたので、お開きになるまで上げられなかったのでございます」エイムズは説明した。「その方々がお帰りになるのを待って、わたくしが巻き揚げ機の操作をいたしました」

「ということは、つまり——」巡査部長が思案しつつ言う。「一人なのか複数なのかは別として、もしも外部から何者かが忍びこんだとすると、それは橋が上がる午後六時より早い時刻で、そのあとダグラスさんが十一時過ぎにここへ入ってくるまで内部のどこかに隠れていたわけですか」

「そうなりますね。ダグラスは毎晩就寝前に部屋を全部見回って、明かりの消し忘れがないか確認していました。それでここへ入ったら、潜んでいた男に撃たれた。そのあと犯人は銃を放りだして窓から逃げた。わたしはそう踏んでいますがね——ほかに筋の通った説明は見当たりませんから」

ウィルスン巡査部長が死体のそばに落ちていた紙切れに気づき、床から拾いあげた。インクで殴り書きした〝V. V.〟という文字と〝341〟の数字が上下に並んでいる。

「これはなんですか？」巡査部長は紙切れを掲げて尋ねた。

「初めて見るものです」バーカーが不思議そうにつくづく眺めた。「殺人犯が落としていったんでしょう。V．V．の341か――なんのことやらさっぱりわからない」

巡査部長は太い指で紙切れを裏返したり戻したりした。「V．V．のほうは誰かの名前の頭文字かもしれませんね。ウッド先生、それがどうかなさいましたか？」

ウッド医師が手にしていたのは、暖炉の前の敷物に転がっていた大型の金槌《かなづち》だった。かなり頑丈にできている職人用らしきものだ。それを見てセシル・バーカーがマントルピースの上にある真鍮《しんちゅう》の釘《くぎ》が入った箱を指し示した。

「ダグラスが昨日、壁の絵を取り替えたんです」バーカーは言った。「あの椅子にのぼって、大きな額縁を掛けていましたよ。金槌はそのときに使ったものだと思います」

「見つけた場所に戻しておいたほうがいいでしょう」巡査部長は混乱しているらしく弱り果てた顔で頭をかいた。「この事件を解明するには、頭脳明晰《めいせき》で誰よりも優秀な敏腕刑事にお出まし願いませんとね。どこかの時点でスコットランド・ヤードの仕事になるはずです」

そのあと手提げランプを掲げ持って、室内をゆっくりと歩き始めた巡査部長は、窓のカーテンを片側へ引いたとたん興奮の声を上げた。「おやっ！　このカーテンを閉めたのは何時くらいですか？」

「ランプの火をつけたときですので、四時を少し過ぎた頃だったかと」執事が答えた。

「やはり何者かがここに隠れていましたね」巡査部長が明かりを床の隅へ近づけると、泥のついた靴底の模様がはっきりと残っていた。「バーカーさん、これであなたの説が裏付けられたと言っていいでしょう。犯人はカーテンを閉めた四時から橋を上げた六時までのあいだに侵入したことになります。そして最初に目についたこの部屋へ忍びこみ、ほかに隠れられそうな場所がなかったのでとっさにカーテンの裏に身を隠した。その光景が目に浮かぶようですよ。目的はおそらく盗みでしょう。ところが見回りに来たダグラスさんに見つかったため、彼を殺害して逃げたわけです」

「わたしの考えもそれとぴったり同じです」とバーカー。「それより、こうしてしゃべっているだけでは時間の無駄遣いだと思いますがね。周辺の捜索を一刻も早く開始しないと、犯人を取り逃がしてしまいますよ」

巡査部長はつかの間考えこんでから口を開いた。

「いや、明朝六時まで汽車は一本もないので、鉄道は使えません。歩いて逃げたとしても、濠を渉ってずぶ濡《ぬ》れになった姿は当然ながら人目につきます。それに、どっちみち本部から応援が来るまで本官はこの場を離れられないんですよ。皆さんも状況が明らかになるまでとどまっていただきます」

ランプを受け取って死体を間近で調べていた医師が言った。「これはなんのしるしだ？　事件とつながりがあるんでしょうかね」

ドレッシング・ガウンの袖《そで》がずりあがって、ダグラスの右手は肘《ひじ》のあたりまでむきだしになっていた。医師が指摘した〝しるし〟は前腕の中ほどにあり、円の内側に三角形を描いた奇妙な茶色い図形がラードのような色の肌にくっきりと浮かんでいた。

医師のウッドはそれを眼鏡越しに凝視した。「刺青《いれずみ》ではないな。こういうものは初めて見た。いつ頃かは見当がつかないが、家畜の牛のように焼き印を押されている。いったいどういう意味なんです？」

「意味はわたしにもわかりませんが」バーカーは答えた。「ダグラスの腕のしるしは十年前からよく目にしていました」

「わたくしも旦那《だんな》様が袖をまくっていらっしゃる際に幾度となく」執事が言った。「目に留まるたび、はて、なんだろうと気になっておりましたが」

「それなら事件には関係なさそうですね」と巡査部長。「だが妙なものであることに変わりはない。この事件はどこもかしこも妙だ。ややっ、今度はどうしたんです？」

執事がだしぬけにあっと叫び、死んだダグラスの広げた腕を指差したのだ。

「結婚指輪を盗まれました！」執事はあえぎながら言った。

「本当か！」

「はい、ゆゆしきことに。旦那様は左手の小指に金の結婚指輪をいつもはめておいででした。こちらの未加工の塊金《かいきん》をあしらった指輪はもともと結婚指輪の上にあったのです。ほかにはくねっている蛇の指輪を薬指に。ご覧のとおり塊金の指輪も蛇をかたどった指輪も残っていますが、結婚指輪はございません」

「彼の言うとおりだ」とバーカー。

「もう一度確認するが、小指の結婚指輪はもうひとつの指輪の上ではなく、下にはめていたんだな?」

「さようでございます!」

「ということは、どこの誰かわからないが、殺人者はまず塊金の指輪を抜き取って結婚指輪を奪い、そのあと塊金のほうをわざわざ指にはめ直したわけか」

「おっしゃるとおりです!」

賢明な田舎の警官はかぶりを振って言った。「スコットランド・ヤードのお出ましは早いに越したことはなさそうだ。ホワイト・メイスンも州警察きっての腕利きで、これまでは彼の手にかかればどんな事件も残らず解決してきました。じきに駆けつけてくれますから、心強いことこのうえない。しかしそれでも、遅かれ早かれロンドンに応援を要請することになると思います。恥を忍んで申しましょう。本官ごときには到底歯が立たない事件ですよ」

第四章　暗闇

サセックス州警察の主任捜査官はバールストンのウィルスン巡査部長からの急報を受け、軽二輪馬車を全速力で飛ばして午前三時に現場へ到着した。その後、スコットランド・ヤード宛の書状を午前五時四十分発の列車に託し、正午にバールストン駅で私たちを出迎えてくれた。

ゆったりしたツイードのスーツを着こんだ恰幅《かっぷく》の良いホワイト・メイスンは、物静かで鷹揚《おうよう》な感じの人物だった。ひげのない赤ら顔と、ゲートルを巻いたがに股《また》の頑丈そうな脚から受ける印象は、小さな農場の経営者か引退した猟場管理人といったところだ。知らない者が見れば、州警察の誇る敏腕刑事だとは想像だにしないだろう。

「マクドナルドさん、これはとんでもない怪事件です！」ホワイト・メイスンはしきりと同じ言葉を口にした。「新聞記者どもが嗅《か》ぎつけたら、蠅の大群のごとく押し寄せてくるに決まってますよ。連中があちこち嗅ぎまわって、手がかりをぐちゃぐちゃに踏み荒らす前に、仕事を済ませられるといいんですが。とにかく未曾有《みぞう》の出来事であるのは間違いありません。はばかりながら、ホームズさんにやりがいを感じていただけること請け合いです。ワトスン先生、あなたにも。捜査を進めるにあたって、医学の専門家にご意見をうかがうことになると思いますので。お二人のために〈ウエストヴィル・アームズ〉に部屋をとっておきました。宿はそこしかないんですよ。でも、ご安心を。清潔で快適だという評判ですから。荷物はこの男が運んでくれます。では、まいりましょう。こちらへどうぞ」

このとおりサセックス州警察の刑事は大変朗らかで親切な人柄だった。十分後、私たちは宿に着いた。さらにその十分後には宿の談話室に座って、前章に記したような事件の概要をホワイト・メイスンが早口で述べるのを聞いていた。マクドナルドは時折メモを取っていたが、ホームズは希少な花を観察する植物学者よろしく、驚嘆と畏《い》敬《けい》の念が交じった表情で熱心に耳を傾けていた。

「これは興味深い!」話に区切りがついたところで、ホームズが声を上げた。「実に興味深い! これほど顕著な特色を持つ事件は過去に例がないでしょう」

「そうおっしゃると思っていました」我が意を得たりというような主任捜査官の口ぶり。「サセックスの人間も時代とともに進んで、世の中の動向をしっかり把握しているんです。それはさておき、わたしは今朝の三時から四時にかけてウィルスン巡査部長から捜査を引き継いだわけですが、その時点までの出来事はいまお話ししたとおりです。いやはや、老いた馬を駆り立てて大急ぎでやって来たのに、着いてみたら拍子抜けでしたよ。ただちにやるべきことなどひとつもなかったんですから。ウィルスンが現場の状況をすっかり把握していたので、こっちは内容を確認して、一考のあと新しい事実を二、三補足した程度です」

「ほう、どんなことを？」ホームズの口調に熱がこもる。

「まず、床の敷物の上に転がっていた金槌《かなづち》を調べたんです。ウッド先生にご協力いただいて。その結果、人を殴りつけた痕跡《こんせき》は見当たりませんでした。ダグラスさんが防御のためにそれを使ったとすれば、殺人犯の身体のどこかに命中して傷を負わせているかもしれないと思ったんですが、血の染みはどこにも付着していませんでした」

「まあ、それだけではなんとも言えませんがね」マクドナルド警部が意見をはさむ。

「殺人の凶器に用いられたにもかかわらず、金槌になんの痕跡もなかった事件はいくらでもあります」

「そうですね、人に当たらなかったと証明できたわけではありません。しかし、血の染みでもついていれば、捜査に役立ったでしょうに、実際には空振りでした。

次に調べたのは銃です。鹿弾《しかだま》がこめてありました。ご存じのとおり大粒の鉛の散弾です。ウィルスン巡査部長が指摘したように、二つの引き金を針金でつないで連動させ、後ろの引き金を引くと双方の銃身から弾が同時に発射される仕掛けになっていました。犯人のやつめ、一回で相手を確実にしとめるつもりで乗りこんできたとみえる。銃身を二フィート足らずまで切り詰めてあるので、コートの下にでも隠してやすやすと持ち運べたでしょう。製造元は名前の刻印が途切れているため不明です。二つの銃身のあいだに彫られた溝に〝PEN〟という文字があるのはわかりましたが、そこから先は切り落とされているのです」

「頭に飾りを載せた大きなPに、それより小さいEとNかな？」とホームズが訊《き》く。

「おっしゃるとおりです」

「ペンシルヴェニア小銃会社──有名なアメリカの銃器製造元ですよ」ホームズはこともなげに言った。

ホワイト・メイスンは私の友人をまじまじと見た。ある難題にずっと頭を抱えていた小さな村の開業医が、それをたった一言であっさり解決してのけたロンドンのハーリー街の専門医に向けるのもきっとこういうまなざしだろう。

「なんとありがたい。大いに助かりました、ホームズさん。その会社にちがいありません。いやあ、脱帽です！　本当にすごいお方だ！　世界中の銃器製造会社を記憶していらっしゃるんですか？」

その質問をホームズは面倒そうに手で振り払った。

「アメリカ製の銃と断定していいでしょう」とホワイト・メイスンは続ける。「わたしもそうではないかと思っていたんです。アメリカでは地域によって銃身を切り詰めた散弾銃が用いられていると、以前どこかで読んだ覚えがありましたので。銃に彫られた社名以外にも根拠は存在するわけです。これで、館《やかた》に忍び入って主人を殺害したのはアメリカ人だと立証されましたね」

マクドナルドはかぶりを振った。「ちょっと待った。先走ってはいけない。ここまでの話に、外部からの侵入者が館の内部に潜んでいたという確証はひとつも出てきていないと思うがね」

「いくらでもあるでしょう。開いた窓、窓枠に付着していた血、床の隅の靴跡、そしてとどめは銃！」

「どれも細工しようと思えばできる。でっちあげかもしれない。ダグラスさんはアメリカ人、もしくはアメリカに長年住んでいた。バーカーさんもアメリカにいた。わざわざ外からアメリカ人に来ていただかなくても、館にはもとからアメリカとの結びつきがあった」

「執事のエイムズの話では――」

「本当にあてになるんですか？　信用のおける人物なんでしょうね」

「サー・チャールズ・チャンドスの執事を十年務めた真面目一徹の男で、ダグラス家には五年前に当家がバールストン館を買い取ったときからつかえている。そのエイムズが、館の中であのような銃は一度も見たことがないと証言しているんだ」

「銃は隠しやすいように手を加えられていた。銃身を切り詰めてあったんだからね。あの長さならそのへんにある普通の箱に隠しておける。たとえエイムズでも、絶対になかったとは言いきれないのでは？」

「まあ、それはそうだが、とにかくエイムズは見たことがないと言っている」

スコットランド人気質《かたぎ》の頑固なマクドナルド警部は、首を振ってなおも食い下がる。

「侵入者がどこかの部屋に潜んでいたという説はどうもしっくりこない。もう一度じっくり考えないといけん――」議論に熱中したときのマクドナルドはアバディーン訛《なまり》が強くなる。「何者かが問題の銃を外から持ちこんで、この奇怪な事件を起こしたとしたら、必然的にどういう事態が生じるかってことを。だめだ、やっぱり無理がある。これっぽっちも信じる気になれんね！　ホームズさん、これまでの話からどう判断されます？」

「きみの意見を先に述べてはどうかな、マック君？」ホームズが得意とする如才ないあしらい方だ。

「外部から侵入した者がいたとしても、盗み目的ではありません。結婚指輪や紙切れの件には個人的な事情がからんだ謀殺の匂いがします。よろしいですか、何者かが殺人計画を実行しようという明確な意図のもとに邸内へ忍びこんだとしましょう。よほどの間抜けでないかぎり、逃げる際は苦戦を強いられると覚悟していたはずです。建物のまわりは濠《ほり》で囲ってありますからね。では、そういう状況で犯人はどんな凶器を選ぶか？　当然ながら、なるべく音の出ないものです。事件の発覚を遅らせれば、犯行後に素早く窓から出て濠を渉《わた》り、まんまと逃げきれるかもしれない。そう考えるのが自然ではありませんか。にもかかわらず、わざわざばかでかい音のする凶器を持ちこんだのはなぜです？　発砲音でただちに家じゅうの者が駆けつけてくるのは明々白々。濠を渉りきらないうちに見つかってしまうに決まっています。ホームズさん、これでご納得いただけたでしょうか？」

「なるほど、きみの主張はよくわかった」ホームズはじっと考えこんだ。「だが、判断を下すのは時期尚早だろう。明確にすべき問題がまだたくさん残っている。ホワイト・メイスンさん、ひとつうかがいたいのですが、濠の向こう側を調べて岸へ上がった者がいたかどうか確認しましたか？」

「それらしき跡はまったくありませんでした、ホームズさん。と言っても、対岸は石畳になっているので跡が残りにくいわけですが」

「足跡とおぼしきものは見つからなかったと？」

「そのとおりです」

「ほう！　これからすぐ館へ行ってもかまいませんか？　ささいなものであれ、捜査の参考になりそうな収穫が望めるかもしれない」

「かまいませんとも、ホームズさん。こちらからお願いするつもりでした。前もって事情をできるかぎりお耳に入れておいたほうがいいと思っただけですので。それで、あの、なにか新しい手がかりを発見された場合は――」ホワイト・メイスンは物問いたげにホームズを見た。

「ホームズさんとはこれまでにも一緒に仕事をしてきた」マクドナルド警部が助け船を出す。「つねにフェアプレイの精神を重んじる方だよ」

「自己流のフェアプレイだけどね」ホームズは笑顔で言った。「僕が事件捜査を引き受けるのは、警察に協力して正義を守るためです。警察と僕がばらばらの方向へ進むことがあるとすれば、警察のほうが協調を乱したせいです。こちらはあなた方をだしぬこうというつもりは毛頭ありません。ただし、捜査を進めるにあたっては僕の独自のやり方を尊重してもらいます。結果に関しても、そのつどではなく僕が適当と判断したときに説明しますので、あしからず」

「一緒に仕事ができることをあらためて光栄に思います。われわれが持っている情報はすべてつまびらかにしましょう」ホワイト・メイスンの言葉には誠意がこもっていた。「さあ、ワトスン先生もどうぞ。然《しか》るべき時が来たら、われわれのこともご著書に記していただけるとありがたいですな」

村の通りは枝を短く刈りこんだ楡《にれ》の並木が両側にずっと続き、風趣に富んでいた。しばらく歩くと、長年風雨にさらされて変色し、ところどころ苔《こけ》の生えた、古めかしい二本の石の門柱が前方に見えてきた。双方の頂部に据えられた不恰好な物体は、昔バールストンの主《あるじ》だったカプス家の紋章である後ろ足で立つ獅子《しし》の像のなれの果てだろう。そこを通り抜け、イギリスの田園風景にはおなじみの、芝生とオークの木立がまわりに広がる曲がりくねった私道を進んだ。少しすると道は不意に折れ、横へ長く延びるジャコビアン様式（ジェームズ一世時代を中心とするイギリス十七世紀初頭の建築様式）の建物が眼前にぬっと現われた。くすんだ赤褐色のレンガ造りで、剪定《せんてい》されたイチイの木が目を引く古風な庭を両側に従えている。近づくにつれ、木造の跳ね橋と、冬の冷え冷えとした陽光を幅の広い水面が鏡のごとく反射する静謐《せいひつ》で美しい濠が視界に入ってきた。

三世紀という歳月が領主館とともに歩み続けるあいだ、何世代にもわたる人々が誕生と帰郷を繰り返し、カントリーダンスや狐狩りの大会で館はつねににぎわっていたことだろう。そのような古びた建物がいまの時代になって恐ろしい出来事に見舞われるとは、不思議なめぐり合わせである。とはいえ、風変わりなとがった屋根や、優美な線を描く張りだした破風は、悪辣《あくらつ》なたくらみを隠すのにうってつけの装置だ。深く引っこんだ窓といい、濠の水に裾《すそ》を洗われている横長の色褪《いろあ》せたファサードといい、今回の悲劇のために作られた舞台にさえ思えてくる。

「あの窓ですよ」ホワイト・メイスンが私たちに声をかけた。「跳ね橋のすぐ右の窓です。昨夜の発見時のまま開けてあります」

「人がくぐり抜けられる幅ではないようだが」

「要するに、太った男ではなかったということですな。ホームズさん、窓の幅についてはあなたの名推理に頼るまでもなく気づきましたよ。確かに狭いことは狭いですが、われわれくらいの体格ならなんとかくぐり抜けられます」

ホームズは濠の端まで歩いていき、対岸へ目をやってから、足もとの石畳と芝生の際をつくづくと眺めた。

「そこはもう念入りに調べましたよ、ホームズさん」ホワイト・メイスンが言う。

「しかし、なにも見つかりませんでした。誰かが濠から上がった形跡はありません。まあ、わざわざ跡を残していくとも思えないですがね」

「ごもっとも。残していくはずがない。濠の水はいつも濁っているんですか？」

「はい、以前からこういう色です。小川から泥混じりの水が流れこんできますので」

「深さはどのくらいですか？」

「両岸付近で約二フィート、中心あたりは三フィート程度です」

「では、犯人が逃げる途中で溺《おぼ》れた可能性は除外できますね」

「もちろんです。子供でも溺れませんよ」

跳ね橋を渡ったところで、ふしくれだってしなびたような古めかしい人物に迎えられた。これが執事のエイムズである。気の毒に、事件のショックで老人はひどく青ざめ、ぶるぶる震えていた。殺人現場となった死の部屋ではしかつめらしい長身の警察官がふさいだ様子で見張りに立っていたが、医師はすでに引き揚げたらしく姿がない。

「変わったことは、ウィルスン巡査部長？」ホワイト・メイスンが尋ねた。

「ありません」

「では、もう帰宅していいぞ。ご苦労だった。きみの手が必要になったときは誰か呼びにやらせる。執事には部屋の前で待機してもらうように。セシル・バーカーさん、ダグラス夫人、家政婦の三人とあとで少し話をしたいから、執事にそう伝えておいてくれ。さあ、紳士方、お待たせしました。まずはわたしの考えを述べたいと思います。皆さんのご意見はそのあとでうかがいましょう」

先に結論を言えば、私はホワイト・メイスンの力量に舌を巻いた。この州警察の主任捜査官は事実を的確に把握し、抜群に冴《さ》えた頭で思慮分別のある冷静な考察を加えていた。これならば犯罪捜査の道できっと大成するだろう。警察の人間が話すとたいていの場合はじれったさをあらわにするホームズも、終始真剣に聞き入っていたほどだ。

「自殺と他殺、どちらなのか――これが第一の問題と言ってよろしいですね？　自殺だとすると、故人はあらかじめ自分で結婚指輪をはずし、それをどこかに隠してからドレッシング・ガウン姿でここへ下りてきたことになります。そのあと、何者かが待ち伏せていたように見せかけるため、カーテンの陰になっていた床の隅に泥で靴跡を残し、窓を開け、下の窓枠に血痕《けっこん》を――」

「断じてありえない」マクドナルドがきっぱりと言う。

「わたしもそう思います。自殺説は論外です。よって、殺人犯のしわざということになりますが、第二の問題に突きあたります。犯人は外部の者でしょうか、それとも内部の者でしょうか？」

「うむ、きみの意見ではどちらだね？」

「かなり判断が難しいのですが、答えはどちらか一方と決まっていますから、検討していくしかありません。まず、単数もしくは複数の内部の者による犯行と仮定します。犯人は、邸内がしんとしていて、なおかつまだ誰も寝ていないであろう頃合いに、ダグラスさんをこの部屋へおびき寄せた。そして形状に著しい特徴がある、とんでもなく大きな音を出す武器で犯行に及んだ――皆に即刻知らせたかったとしか思えません。しかも、この家では誰も見たことがない変わった銃を用いています。初っ端《ぱな》からありえないことだらけでしょう？」

「まったくだ」

「それだけではありません。当人たちがそろって認めているように、銃声が聞こえたあとせいぜい一分程度で家の者全員がここで勢ぞろいしているのです――セシル・バーカーさんは自分が真っ先に駆けつけたと言っていますが、エイムズやほかの者たちも皆、ただちに集まってきました。いいですか、たった一分ですよ。床の隅っこに足跡をつける、窓を開ける、窓枠に血をくっつける、死体の指から結婚指輪を抜き取る。ごくわずかな時間で犯人にこれだけのことができるでしょうか？　無理に決まっている！」

「疑う余地はないね」とホームズ。「的を射た意見だと思う」

「というわけで、外部の者による犯行と考えるほかないようです。この説にもいくつか大きな難点がありますが、完全には否定できませんのでね。犯人は午後四時半から六時までのあいだ、すなわち日が暮れたあと跳ね橋が上げられるまでに館《やかた》へ侵入した。ちょうど客が来ていたので、玄関のドアは開いていた。難なく入れたはずです。目的はただの物盗《ものと》りか、ダグラスさんに対する怨恨《えんこん》。ダグラスさんは長年アメリカに住んでいましたし、この散弾銃もアメリカ製のようですから、怨恨説と見るほうが自然でしょう。

首尾よく玄関を通り抜けた犯人は、真っ先に目に入ったこの部屋へ忍びこみ、カーテンの裏側に隠れた。そこでじっと待ちかまえていると、夜の十一時過ぎにダグラスさんが入ってきた。仮に両者が言葉を交わしたとしても、二言三言だったはずです。夫が見回りに行ってから銃声が聞こえるまで、さほど時間は経っていなかったと夫人が証言しています」

「蠟燭《ろうそく》の燃え具合はその裏付けになる」ホームズは言った。

「おっしゃるとおりです。蠟燭はおろしたてで、半インチ足らずしか燃えていませんでした。それをテーブルに置いたあとにダグラスさんは撃たれたのです。そうでないなら、蠟燭は彼が倒れたはずみで床に落ちていないとおかしい。よって、被害者は部屋に入るなり襲われたのではありません。いち早く駆けつけたバーカーさんは、蠟燭を消して、代わりにランプに火をともしたそうですので」

「その点も歴然としている」

「では、ここまでの根拠に沿って事件の流れを細かく再現してみます。ダグラスさんがこの部屋へ入ってくる。蠟燭をテーブルに置く。カーテンの裏から男が現われる。手には銃。男はダグラスさんに結婚指輪を要求する――理由は見当もつきませんが、そうしたはずです。ダグラスさんは相手の要求をのみ、指輪をはずして渡す。そのあと男は冷酷に引き金を引く。あるいは、両者のあいだでもみあいになる――絨毯《じゅうたん》の上に転がっていた金槌《かなづち》はダグラスさんがとっさにつかんだものかもしれません。いずれにせよ、ダグラスさんが射殺されるという不幸な結果に終わる。男は銃を床に放り、〝V．V．341〟と記された例の意味不明な紙切れもおそらくそのときに落とす。犯人が窓から逃げて濠《ほり》を渉《わた》っている最中にバーカーさんが現場に駆けつけ、惨事を知る。いかがでしょう、ホームズさん？」

「聞き応《ごた》えはあっても、説得力には欠けますね」とホームズ。

「荒唐無稽《むけい》も甚だしい！　それが一番ましな説明ならいざ知らず、とてもじゃないが納得できんよ」マクドナルドは頭ごなしに反論する。「ダグラスさんは何者かに殺された。それが誰であれ、犯行の模様は全然異なるものだったはずだ。だいたいにして、殺人を企てた人間がこんなふうに自らを窮地に追いやるようなまねをするだろうか？　逃げ道が限られた、音をたてたら一巻の終わりという状況で、散弾銃なんぞぶっ放すわけがない。さあ、ホームズさん、今度はあなたの見解をお聞かせください。ホワイト・メイスン君の話は説得力に欠けるとおっしゃいましたね？」

こうした長い議論が交わされるあいだ、ホームズは鋭い視線を右へ左へ素早く走らせ、額にしわを寄せて熟考にふけりながら、一言も聞き漏らすまいとするように耳をそばだてていた。

「仮説を立てるにあたって、いくつか確認しておきたいことがあるんだ、マック君」そう言うと、ホームズは死体のかたわらにひざまずいた。「おやおや、これはひどい傷だな。ちょっと執事を呼んでくれたまえ……ああ、エイムズ、ダグラスさんの前腕にあるずいぶん変わったしるし――円で囲まれた三角形の焼き印だが、以前から見かけていたそうだね？」

「はい、たびたび」

「この図柄の表わす意味はまったく聞いていないと？」

「聞いておりません」

「捺《お》されたときの痛みは並大抵ではなかったろう。なにしろ火傷《やけど》を負うわけだからね。そうそう、エイムズ、もうひとつ教えてほしいんだが、ダグラスさんの下顎《したあご》のちょうどエラのところに小さな絆創膏《ばんそうこう》が貼ってあるね。これは亡くなる前から？」

「はい。昨日の朝、ご自身でひげをあたっておられた際にできた切り傷です」

「そういうことは前からよくあったのかい？」

「いいえ、めったにございません」

「ほう、気になるね！」ホームズは言った。「もちろん、ただの偶然かもしれない。だが、我が身に危険が差し迫っているのを知って、いつになく緊張していたという可能性も無きにしもあらずだ。昨日のダグラスさんの挙動に普段と変わったところはなかったかい、エイムズ？」

「そう言われてみますと、神経が高ぶっておられたようで、少し落ち着かない様子でした」

「ほう！　やはり、襲われることをまったく予期していなかったわけではないようだ。われわれの捜査はこれで一歩前進したと言えるね。マック君、あとはきみから質問したほうがいいんじゃないかな？」

「いえいえ、ホームズさん、あなたのほうがふさわしいですよ。このままお続けください」

「では、そうさせてもらおう。次はこれ――〝V．V．341〟と書かれた紙切れについてだ。材質は粗いボール紙。エイムズ、同じ紙がこの家にあるだろうか？」

「ございません」

ホームズは机の前へ行き、すべてのインク瓶から中身を数滴ずつ取って吸い取り紙に垂らした。「ここで書いたものではないだろう。机にあるのはこのとおり黒いインクだが、紙切れのほうは紫がかった色をしている。しかも太いペン先で書いてあるのに、ここには細いものしかない。うむ、やはりどこか別の場所で書いたな。エイムズ、この文字と数字の組み合わせを見て思いあたることは？」

「あいにくなにも」

「きみはどうだい、マック君？」

「秘密結社らしき匂いがしますな。遺体の腕にあるしるしについてもです」

「わたしも同感です」ホワイト・メイスンも言う。

「ならば、さしあたってその仮説のもとで、矛盾や疑問がどこまで解消されるか検証していこう。ある結社から送りこまれた刺客が館に侵入し、ダグラスさんを待ち伏せ、頭ごと吹き飛ばす勢いで派手に発砲したあと、濠を渉って逃げおおせた。死体のそばで見つかった紙切れは犯人の置き土産だ。紙切れの存在が新聞で報じられれば、結社の同志たちに復讐《ふくしゅう》は成し遂げられたと伝わる。すべてつじつまは合うわけか。だが、よりによってこういう銃を凶器に選ぶのは腑《ふ》に落ちない」

「ごもっとも」

「指輪がなくなった理由も解明できていない」

「はい、確かに」

「そのうえ、なぜいまだに犯人逮捕に至らないのか。すでに二時を過ぎた。明け方からずっと半径四十マイル圏内の警官を総動員して、濡《ぬ》れねずみになった見慣れない顔の男を捜しまわっているんだろう？」

「そのとおりです、ホームズさん」

「ならば、犯人が近くの隠れ家か着替えの服を用意しておいたのでない限り、すぐ目につくはずだ。それなのに、この時刻になってもつかまらないとは！」ホームズは窓に歩み寄ると、拡大鏡を取りだして窓枠の血痕《けっこん》を調べ始めた。

「明らかに靴の跡だ。横幅がかなり広い。偏平足というやつだろう。しかし奇妙だぞ。部屋の隅に残っていた泥の靴跡は、もっと形のいい足のものと思われるからね。といっても、あっちはかなり不鮮明だが。ところで、このサイドテーブルの下にあるのはなんだい？」

「ダグラス様がお使いになっていたダンベルでございます」エイムズは答えた。

「ダンベルということは二個一組のはずだが、ここには一個しかない。もう片方はどこへ行った？」

「さあ、わかりかねます。もともと一個だけだったのかもしれません。何カ月も気づきませんでした」

「片方だけのダンベル──」ホームズは真剣な口調で言いかけたが、それをさえぎるように突然ドアに鋭いノックの音がした。

長身で日焼けした、ひげのない男が、ドアを開けて室内をのぞきこんだ。有能そうな印象からすると、これが話に聞いたセシル・バーカー氏だろう。悠然たる隙のないまなざしで一人一人の顔をさっと見渡した。

「捜査の最中にお邪魔かとは思ったのですが、新しい情報が入りましたので」

「犯人がつかまったのですか？」

「いいえ、残念ながら。ただ、自転車が見つかりましてね。犯人の遺留品でしょう。

確認のため、ご足労願えますか？　玄関から百ヤードと離れていない場所です」

現場の私道では、馬番なのかただの野次馬なのか、三、四人が突っ立って自転車を眺めていた。常緑樹の茂みに隠してあったのを引きずりだしたそうだ。その使い古されたラッジ・ホイットワース製自転車は、かなり長い距離を走行してきたらしく、泥はねがあちこちについていた。サドルバッグに入っているのはスパナと油差しくらいで、持ち主につながる手がかりはひとつもなかった。

「製造番号か登録番号でもあれば、警察としちゃ大助かりなんですがね」とマクドナルド警部。「まあ、ともかく、自転車を発見できただけでも御の字だ。たとえやつがどこへ行ったかわからなくても、どこから来たかは突き止められるかもしれん。しかし、なんとも解せない話ですな。なぜ乗り捨てていったんでしょう。自転車も使わずにいったいどうやって逃げたんでしょう。この事件、解決の兆しは一向に見えてきませんね、ホームズさん」

「どうだろう」ホームズは考えにふけりながら返事をした。「果たしてそうかな？」

第五章　劇中人物たち

「書斎の調査はもう終わりということでよろしいですか？」外から戻った私たちにホワイト・メイスンが尋ねた。

「とりあえずは」マクドナルド警部がそう答えると、ホームズも黙ってうなずいた。

「でしたら、次は館《やかた》の者たちから話を聞いていただきましょう。ダイニング・ルームを借りるよ、エイムズ。最初はきみだ、一緒に来たまえ。知っていることはなんでも話してほしい」

執事が語った話は簡潔明瞭《めいりょう》なうえ、嘘偽りのない真実だと確信できた。バールストン館にはダグラス氏が所有主となって間もない頃から勤めており、もう五年が経つ。ダグラス氏はアメリカで財を成した資産家で、思いやりのある寛大な雇い主だった――以前の主人ほどではないが、あれ以上のものを望むのはぜいたくと心得ている。ダグラス氏が不安そうにしているところは一度も見たことがない。それどころか、誰よりも肝が太い恐れ知らずだった。毎晩橋を上げさせていたのは、それが館に代々伝わる古い習わしだからにすぎず、そうした昔ながらのしきたりを好んで踏襲していた。普段のダグラス氏はロンドンはおろか、村の外へさえめったに行かなかったが、事件の前日にタンブリッジ・ウェルズへ買い物に出かけた。帰宅後は妙に落ち着きがなく、動揺しているように見受けられた。いらいらして怒りっぽい態度は明らかにいつもとちがっていた。

事件当夜、エイムズが就寝前に館の裏側にある食器室で銀器を片付けていると、呼び鈴が鋭く鳴り響いた。銃声は聞こえなかったが、部屋の配置を考えれば当然ともいえる。食器室と台所は館の奥まった場所にあり、例の書斎とはいくつもの閉まったドアや長い廊下に隔てられているからだ。けたたましい呼び鈴の音に、自室に下がっていた家政婦も出てきた。エイムズは彼女とともに館の表側へ向かった。

階段の下にさしかかったとき、ちょうどダグラス夫人が二階から下りてきた。いいえ、慌てた素振りはございませんでした、とエイムズは質問に答えて言った。動転しているようには見えなかったそうだ。夫人が階段の一番下まで来たと同時に、バーカー氏が書斎から駆けだしてきた。彼は夫人を押しとどめ、引き返すよう訴えた。

「お願いだ、部屋へ戻ってくれ！」バーカー氏は悲痛な声で叫んだ。「ジャックは亡くなった。気の毒だが、もう手遅れだ。頼むから、戻ってくれ！」

さらに説得の言葉が続き、夫人は結局それを聞き入れ、階段を引き返していった。取り乱してはいなかった。悲鳴も泣き声も上げることなく、家政婦のアレン夫人に付き添われて二階の寝室へ戻った。エイムズとバーカー氏のほうは書斎へ入って、現場の状況を目にした。警察が確認したときと同様、蠟燭《ろうそく》は消えていたが、ランプの火はともっていたそうだ。窓から外をのぞいてみたが、真っ暗闇でなにも見えず、物音もしなかった。二人は玄関へ飛んでいき、エイムズが巻き揚げ機で橋を下ろすやいなや、バーカー氏は急いで警察に向かった。

以上が執事の証言のあらましである。

家政婦のアレン夫人からも事情を聞いたところ、執事の話を裏付ける内容だった。事件発生時に彼女がいた自室はエイムズが仕事をしていた食器室よりも館の表側に近い。寝支度の最中に呼び鈴が突然大きく鳴りだして、ぎくりとしたそうだ。少し耳が遠いせいか、銃声は聞こえなかった。書斎からだいぶ離れているので、無理もないだろう。ただ、ドアが勢いよく閉まる音を聞いた気がする。呼び鈴が鳴るよりずっと前――三十分以上も前だったが。

呼び鈴を聞いてエイムズが館の表側へと走りだし、アレン夫人もそれに続いた。真っ青になったバーカー氏が書斎から大慌てで出てきて、ちょうど階段を下りてきたダグラス夫人を通せんぼした。部屋に戻ってくれとバーカー氏に懇願され、夫人も口を開いたが、返事の内容は聞き取れなかったそうだ。

「奥様を二階へ！ そばについていてあげてください！」と、アレン夫人はバーカー氏から夫人の世話を頼まれた。

家政婦は言われたとおりダグラス夫人を寝室へ連れていき、懸命に慰めた。夫人はひどくショックを受けて、ぶるぶる震えていたが、階下へ行くとは言わなかった。両手に顔をうずめ、ドレッシング・ガウン姿でずっと暖炉のそばに座っていた。アレン夫人もそのままほとんど一晩中付き添っていた。ほかの使用人たちはというと、もう就寝していたこともあって、警察が来る間際まで異変には気づかなかったらしい。館の一番奥まった場所で眠っていれば、なにも聞こえなくてもおかしくはないだろう。

質問を交えながら慎重に事情聴取をおこなったが、家政婦の口から出るのはほとんどが嘆きの声や驚きの言葉で、得られた証言はせいぜいこの程度だった。

続いて、セシル・バーカーに話を聞いた。前夜の出来事については警察に話してある内容とほぼ変わらず、新たにつけ足すことは特になかった。殺人犯は窓から逃げたにちがいないとバーカーは確信していた。血痕がなによりの証拠であると述べ、橋は上がっていたので窓以外に脱出口はないとの根拠も添えた。しかし、犯人がその後どうなったのかは見当もつかないし、例の自転車が本当に犯人のものならば、なぜ捨てていったのか理解できないそうだ。むろん、水深わずか三フィートの濠《ほり》で溺《おぼ》れるわけがないと断言した。

バーカーは今回の殺人に関して、これしかないという確固たる見解を持っていた。それを次のように語っている。ダグラスはもともと無口な男で、とりわけ自身の過去の物語には黙して語らない章がいくつかあった。ずいぶん若い頃にアイルランドからアメリカへ移住して、莫大《ばくだい》な富を築いたことは明らかである。彼と初めて会ったのはカリフォルニアで、二人してベニト・キャニオンという土地に良質の鉱区を買い、共同経営者となった。しかし、事業はすこぶる好調だったにもかかわらず、ダグラスは突然権利を手放してイギリスへ行ってしまった。そのときのダグラスは男やもめの独り身だった。やがてバーカーも権利を売却して現金に換えると、イギリスへ渡ってロンドンで暮らし始めた。そうして二人の交友関係は復活したのだった。

ダグラスの身になにやら危険がまとわりついているようだ、とバーカーは以前から感じていた。カリフォルニアから突然去ったことといい、イギリスのこういう人里離れた場所に居を構えたことといい、危険から逃れようとしているふしがある。ひょっとして、冷酷無比な秘密結社がダグラスの命をねらって執拗《しつよう》に追いまわしているのだろうか、と心配になった。ダグラスの言葉の端々から、そのような印象を受けたのだという。だが、どんな組織で、なぜ彼らの怒りを買うことになったのかは、一度も話してくれたことがない。そんなわけで、殺人現場にあった紙切れの記号を目にして、やはり秘密結社が関わっていたのかと思ったそうだ。

「カリフォルニアでダグラスさんと共同経営者だった期間はどれくらいですか？」マクドナルド警部が尋ねた。

「五年です」

「当時の彼は独り身だったんですね？」

「妻に先立たれた男やもめです」

「その女性はどこの出身かご存じですか？」

「いいえ。ドイツ系だとダグラスは言っていましたが。写真を見せてもらったことがあります。それはそれはきれいな人でした。わたしと知り合う前の年に腸チフスで亡くなったと聞きました」

「カリフォルニアで知り合う以前、ダグラスさんはアメリカのどこにいたかわかりませんか？」

「シカゴの話をしていましたね。街の事情にかなり詳しかったですよ。そこで働いていたそうです。炭坑や鉄鉱山の話もしていましたから、ずいぶんいろんな土地を渡り歩いたんだと思います」

「政治の話題はどうですか？　彼との関わりが疑われる秘密結社とは政治がらみの団体でしょうか？」

「いいえ、政治にはまるで無関心でした」

「では、犯罪組織との結びつきは？」

「まさか。彼ほど正直一本な男はそうそういませんよ」

「カリフォルニアでの彼の生活に変わった点はありませんでしたか？」

「山にこもってせっせと働くことに満足していました。どうしてもはずせない用事がない限り、人のいるところには出かけませんでした。彼が誰かに追われているような気がしたのはそれがきっかけです。そうこうするうちに突然ヨーロッパへ行ってしまったので、やはりそうだったのかと思いました。あれはきっと、なんらかの身の危険を感じたんですよ。彼がいなくなってから一週間もすると、五、六人の男が居所をしつこく訊《き》きに来ましたから」

「どんな連中でした？」

「まあ、はっきり言って人相の悪い物騒な連中でしたよ。山奥の鉱区へ乗りこんできて、ダグラスはどこだと凄《すご》む始末。ヨーロッパへ行ったが、それ以上のことは知らないとつっぱねてやりましたがね。やつらは明らかにダグラスの敵です。一目見るなりわかりました」

「アメリカ人でしたか？　カリフォルニアの人間だったんですか？」

「カリフォルニアの人間がどんなふうかは知りませんが、アメリカ人だったのは確かです。ただし、鉱山労働者ではありません。いったいどういう輩《やから》だったんでしょうね。とにかく、引き揚げていったときは心底ほっとしましたよ」

「六年前のことですね？」

「七年近く前になります」

「あなた方はカリフォルニアで五年間共同で事業を続けておられたわけですから、その連中とダグラスさんとの因縁は十一年以上も前からだったんでしょうね」

「そうなります」

「それほど長く根に持っていたということは、双方のあいだの軋轢《あつれき》はかなり深刻だったにちがいない。いざこざ程度のもめ事だったら、長年にわたって執念を燃やしたりはしませんからな」

「そのせいで彼の人生は暗雲に覆われてしまったんですね。ずっと不吉な予感につきまとわれていたんでしょう」

「ううむ、危険が迫っているとわかっていて、敵の正体もはっきりしていたのなら、警察に保護を求めてもよさそうなものですが」

「保護してもらっても防げないほどの危険だったからだと思います。実を言うと、彼は武器を片時も手放さなかったんです。リヴォルヴァーを服のポケットに入れて、つねに持ち歩いていました。しかし、昨晩は不運にも寝巻にドレッシング・ガウンという恰好《かっこう》で、武器は寝室に置いてきてしまった。橋が上がっているあいだは安全だとつい油断したんでしょう」

「時系列をもう少し細かく整理したいのですが」マクドナルド警部は言った。「ダグラスさんがカリフォルニアを離れたのは六年前。その翌年、あなたもイギリスへ。それで間違いありませんね？」

「ありません」

「ダグラスさんが再婚したのは五年前ですから、ちょうどあなたがイギリスへ戻ってこられた頃ですね？」

「彼が再婚する一カ月くらい前でした。結婚式では新郎の介添人を務めました」

「ダグラス夫人のことは結婚前からご存じでしたか？」

「いいえ、まるきり。わたしは十年間イギリスを離れていましたので」

「結婚後は夫人とちょくちょく会っておられたようですが」

バーカーは警部をきっとにらんだ。「ダグラスとはちょくちょく会っていました。そのときに夫人とも顔を合わせはしましたがね。妻帯者の友人を何度も訪ねていれば、奥さんと知り合いになるのは自然なことでしょう。やましい関係にあると疑っておいでのようだが――」

「とんでもない。事件に少しでも関わりがありそうなことは、なんでもお尋ねしてみるのが捜査の鉄則でして。悪気はなかったのです」

「質問すること自体が無礼な場合もあります」バーカーは腹立たしげに言い返した。

「われわれはただ事実が知りたいだけです。事実を明確にすることは、あなたのみならず、ほかの方々全員のためになるんですよ。そこでうかがいます。ダグラスさんはあなたが夫人と親しくされることを本心から快く思っていましたか？」

バーカーは怒りに青ざめ、きつく握りしめた大きなごつい両拳《りょうこぶし》をわなわなと震わせた。「あんたにそんな質問をされるいわれはないぞ！」警部を怒鳴りつけた。「捜査といったいどんな関係があるんだ！」

「何度でも同じ質問を繰り返します」

「断じて答えるつもりはない」

「それならそれでかまいませんが、返答を拒否すること自体が明らかな返答になるのをお忘れなく。隠し事がなければ、お答えいただけるはずですから」

バーカーは黒々とした濃い眉《まゆ》をひそめ、しかめ面でじっと考えこんだが、すぐに表情が和らいで笑顔に変わった。

「ま、しかたありませんね。あなた方は職務に忠実なだけなんでしょうから、こちらにそれを妨害する権利はない。ただし、これだけはお願いしておきます。そういう質問をダグラス夫人にぶつけるのは絶対にやめてください。事件のショックでただでさえまいっているのに、これ以上苦しめたくありません。質問にお答えします。ダグラスにはたったひとつ欠点がありました。嫉妬心《しっと》です。わたしを気に入ってくれて、非常に友達甲斐《がい》のある男でしたが、奥さんを大切に思う気持ちはそれ以上に強かったんでしょう。わたしのことはいつでも大歓迎で、しょっちゅうここへ招いてくれました。ところが、わたしと夫人が言葉を交わしたり、互いを気遣ったりすると、嫉妬心が暴れだしてかっとなるのです。聞くに堪えない暴言まで吐きました。だったらもうここへは来ないと何度決心したことか。しかし、あとで必ず彼から丁重な詫《わ》びの手紙が来て、どうか水に流してほしいと懇願するので、それまでどおりのつきあいを続けるしかなかったのです。くれぐれも誤解しないでほしい。ダグラスほど優しく貞淑な妻を持った男はいません。わたしも彼にとって誰よりも誠実な友人だったと胸を張って言えます」

バーカーが真摯《しんし》な態度で熱弁をふるったにもかかわらず、マクドナルド警部はなおも食い下がった。

「犯人はダグラスさんがはめていた結婚指輪を持ち去っていますね」

「どうやらそうらしい」

「〝そうらしい〟とは？　それが事実であることはご存じのはずですが」

バーカーの表情に狼狽《ろうばい》と迷いがちらついた。「ダグラスが自分ではずした可能性も完全には否定できませんから」

「はずしたのが誰であれ、指輪がなくなっていること自体、この惨事には結婚がからんでいると推測するに充分な根拠になりませんか？」

バーカーはたくましい肩をすくめた。「さあ、どうなんでしょう。わたしにはわかりかねます。とにかく、立派な淑女たる夫人の身持ちをうんぬんするおつもりなら——」いったん言葉を切って目に怒りの炎を一瞬ひらめかせたあと、感情をぐっと押し殺すのがわかった。「捜査など続けるだけ無駄、見当外れの方向へ進んでいくだけですよ」

「さしあたって、お尋ねしたいことはもうありません」マクドナルドは突き放すような口調で言った。

「細かいことですが、ひとつだけ確認のため」ホームズが質問をはさんだ。「バーカーさん、あなたが犯行現場へ入られたとき、火がともっていたのはテーブルの上の蠟《ろう》燭《そく》だけだったんですね？」

「はい、そうです」

「その明かりがあったから、室内の惨状に気づいたわけですね？」

「おっしゃるとおりです」

「そこで、ただちに呼び鈴を鳴らして助けを呼んだ」

「ええ」

「すると、ほかの方々がすぐに駆けつけてきた」

「一分も経たないうちに大急ぎで」

「ところが、駆けつけた皆さんは異口同音に蠟燭は消えていてランプに明かりがついていたと話しています。これは看過できない不可解な点ですね」

バーカーはまたしてもためらうようなそぶりをした。「べつに不可解でもなんでもありませんよ、ホームズさん」ひと呼吸置いてから答えた。「蠟燭の炎では薄暗かったんです。もっと明るくしなければとっさに思い、たまたまテーブルの上にあったランプに明かりをつけた。それだけの話です」

「で、蠟燭を吹き消した？」

「そうですよ」

ホームズの質問はそれで終わった。バーカーは私たち一人一人を意味ありげなふてぶてしい目つきで見つめてから、背を向けて出ていった。

マクドナルド警部は部屋へお邪魔しますと書いたメモをダグラス夫人のもとへ届けさせたが、当人からダイニング・ルームにしましょうというメッセージが返ってきた。指定された場所で待っていると、すらりと背の高い、三十がらみの美しい女性が現われた。突然の不幸に痛ましいほど打ちひしがれた女性という私が想像していた姿とはまるでちがって、取り乱すどころかびっくりするくらい落ち着き払っていた。さすがに顔は青白くやつれ、激しいショックを耐え忍んでいるのがうかがい知れたが、表向きはいたって平静な態度を保ち、テーブルの端に置いた優美で繊細な手も私の手と同じくらいしっかりしていた。彼女はなんともいえない悲しげな目で、探るように私たちの顔を順に見つめた。その問いたげな視線が前触れもなく声に変わり、言葉となって放たれた。

「なにかおわかりになりましたの？」

気のせいかもしれないが、彼女の声音には期待というより不安がにじんでいるように感じられた。

「目下、捜査に全力を挙げております、ミセス・ダグラス」マクドナルド警部は答えた。「徹底的に調べて、なにひとつ見逃さない所存ですので、万事お任せを」

「費用はいくらかかってもかまいません」夫人は生気を失った抑揚のない声で言った。

「どうか手を尽くしてくださいますように」

「手がかりになりそうなことをご存じでしたら、お聞かせ願えませんか？」

「お役に立てるかどうかわかりませんが、知っていることはすべてお話ししますわ」

「セシル・バーカーさんから、あなたは実際の現場をご覧になっていないと聞いています——悲劇の起きた部屋には一歩も足を踏み入れなかったのでしょう？」

「ええ。階段の下でバーカーさんに止められて、すぐに引き返しました。部屋へ戻るようにと必死になっておっしゃるものですから」

「本人もそう話していました。銃声を聞いて、すぐに階段を下りていかれたのですか？」

「ドレッシング・ガウンをはおったあと、すぐに」

「銃声を聞いてから階段の下でバーカーさんに止められるまで、どれくらい経ったか教えてください」

「二分程度だったと思いますが、ああいうときは時間などわからなくなってしまいますわね。バーカーさんは来ないでくれと懇願するようにおっしゃいました。わたくしにできることはなにもないと、きっぱりした口調でつけ加えて。それで家政婦のミセス・アレンに付き添われるまま、二階へ戻ったのです。なんだか恐ろしい夢を見ているような感覚でしたわ」

「ご主人が一階へ行かれてから銃声が響くまでの時間はおわかりですか？」

「さほど経っていませんでしたが、あいにくはっきりとは。主人は寝室の隣の化粧室からいつの間にか出ていきましたので。毎晩、火事を心配して家じゅうを見て回っていました。わたくしの知る限り、主人が唯一恐れていたものは火事です」

「ちょうどその点についてうかがうところでした。イギリスに来てからのダグラスさんじか、ご存じないそうですね？」

「ええ。わたくしどもが結婚したのは五年前ですので」

「アメリカにいた頃に身の危険を招きかねない出来事があったという話を、ご主人の口からじかにお聞きになったことはありますか？」

ダグラス夫人は真剣に考えこんだあと、意を決したように答えた。「実は、ございます。あの人は身の危険に脅かされながら暮らしているのではないかと、うすうす感じておりました。でも、主人はそれらしきことを一言も口にしませんでした。妻を信用していなかったせいではありません——わたくしども夫婦は深い愛情と信頼感で強く結ばれていました。それゆえに、わたくしを心配させたくなかったんですわ。事情を知ったらわたくしが気に病むだろうから、黙っていたほうがいい。主人はそう考えて、打ち明けなかったのでしょう」

「にもかかわらず、よく気づきましたね」

ダグラス夫人は顔をぱっと輝かせ、一瞬だけほほえんだ。「妻に秘密を隠し通せる夫がどこにいまして？　愛する夫の秘密にまるきり気づかない妻がどこにいまして？　主人はアメリカでの生活について話しているとき、急に口が重くなることがあったのです。それ以外にも、ひどく用心深い態度を取ったり、妙な言葉をふと漏らしたり、突然よそから来た見慣れない人を険しい目つきで見たり、気づいたきっかけはいくらでも挙げられますわ。そんなわけで、主人には強大な力を持つ敵がいるのだとはっきりわかりました。その敵に狙われていると思いこんで、つねに警戒しているのだということも。それゆえに、数年前から主人の帰宅が遅くなるたび、心配でたまりませんでした」

「ちょっと失礼」ホームズが質問をはさんだ。「ご主人がふと漏らした妙な言葉というのは、どんなものですか？」

「〝恐怖の谷〟です」ダグラス夫人は答えた。「それが、わたくしと話していたときに主人の口から出た言葉です。〝以前、ぼくは恐怖の谷にいた。いまだにそこから抜けだせない〟と言いましたわ。いつにも増して思いつめた表情でした。それでわたくしが、〝どうしても抜けだせないの？〟と訊《き》きましたら、〝一生無理ではないかと思うことがある〟という返答でした」

「〝恐怖の谷〟とはなんなのか、お尋ねになったんでしょう？」

「ええ。沈んだ暗い表情でかぶりを振りながら、こう答えただけですけれど。〝ぼく一人があの谷の影に覆われてしまっただけでも、絶望的な状況なんだ。この災厄がきみにまで降りかからないよう神に祈るしかない！〟と。そこはこの人が以前住んでいた実在する谷で、とんでもなく恐ろしい目に遭ったにちがいない、と思いました。わたくしにわかるのはここまでです」

「ご主人の口から聞き慣れない人名が出たことはありませんか？」

「ございます、三年前に。狩猟中に怪我をして、高熱でうなされたときのうわごとですけれど、同じ名前をしきりに繰り返していましたわ。おびえつつも怒りまかせに口走っている感じでした。その名前はマギンティ――〝ボディマスター〟・マギンティです。快復してから、マギンティというのはどういう方で、どこの組織《ボディ》の会長《マスター》なのか尋ねてみました。主人は笑いながら、〝ぼくには関係のない組織だよ、ありがたいことにね！〟と答えただけで、まともに取り合ってくれませんでした。でも、〝ボディマスター〟・マギンティと〝恐怖の谷〟にはきっとなにか関係があるんですわ」

「うかがいたいことがもうひとつありまして」マクドナルド警部が言った。「お二人はダグラスさんがロンドンで下宿暮らしをなさっていたときに知り合って、婚約されたそうですね。結婚に至るまでにロマンスがらみのちょっとした騒動とか秘密とか、そういう複雑な事情はありませんでしたか？」

「結婚ですもの、ロマンスはございましたわ。でも、秘密や複雑な事情などはまったくございませんでした」

「ご主人に恋敵は？」

「いいえ。わたくしにはほかに誰もおりませんでしたので」

「ご主人の指から結婚指輪が消えていたことはお聞き及びかと思います。その理由について心当たりはないでしょうか？　過去の敵がご主人の居所を探しだして犯行に及んだにしても、なぜ結婚指輪を持ち去ったのか不思議でならないんですよ」

夫人の口元をちらりとよぎったのは、間違いなく微笑だったと断言できる。「いったいどうしてそんなことをしたのか、さっぱりわかりませんわ」

「わたくしもですの」彼女は答えた。「いったいどうしてそんなことをしたのか、さ
「では、もうけっこうですよ。こういう大変なときにお手を煩わせてしまい、心苦しい限りです。ご協力まことにありがとうございました」マクドナルド警部が言う。

「うかがわなければならないことはまだほかにもあるでしょうが、それはのちほど必要に応じてということに」

椅子から腰を上げた夫人は、入ってきたときと同様に問いたげな目をちらりと向け、私たちの反応を探った。言葉にするなら、〝わたくしの証言に皆さんはどんな印象を持ちまして？〟といったところだろうか。それから軽く一礼し、静かに素早く部屋をあとにした。

「なんというきれいな人だろう。実に麗しい」ドアが閉まると、警部はしみじみ言った。「例のバーカーなる男は足しげくこの家へ通っていた。そのうえ、いかにもご婦人方から好まれそうなタイプだ。本人も認めていたように、生前のダグラス氏に嫉妬《しっと》されていたらしいが、原因について大いに思いあたるふしがあるんじゃないか？　そ

れよりなにより、結婚指輪の件が気にかかる。なおざりにはできない問題だ。死体の指から結婚指輪を抜き取るとは、いったいどういう料簡なんでしょうね、ホームズさん？」

私の友人はさっきから座って両手で頭を抱え、じっと考えにふけっていたのだが、急にすっくと立ちあがって呼び鈴を鳴らした。

執事が部屋に入ってくると、ホームズはこう尋ねた。「エイムズ、セシル・バーカーさんはいまどこにいるかな？」

「少々お待ちを」

執事はすぐに戻ってきて、庭にいらっしゃいますと答えた。

「エイムズ、昨夜バーカーさんと書斎へ入ったときのことなんだが、彼がなにを履いていたか覚えているかい？」

「はい、ホームズ様。寝室用のスリッパでした。警察へ行かれる際にわたしが深靴を取ってきて差しあげました」

「そのスリッパはいまどこだろう？」

「玄関ホールの椅子の下に置いたままでございます」

「それは好都合。いや、バーカーさんの足跡と侵入者の足跡を区別するために必要だからね」

「さようですか。ご参考までに、バーカー様のスリッパには血がついておりました。実を申せば、わたくしの履物にも」

「ついて当然だろう、現場があういう状態では。よし、もうけっこうだ、エイムズ。用のあるときはまた呼び鈴を鳴らすよ」

数分後、私たちは再び書斎にそろった。ホームズが玄関ホールから持ってきた毛織地のスリッパには、エイムズが言ったとおり、左右とも底の部分にどす黒い血の染みが残っていた。

「おかしいぞ！」窓から射す光でスリッパを調べていたホームズが、驚きの声を漏らした。「実に奇妙だ！」

持ち前の敏捷《びんしょう》な動作ですっと身をかがめ、片方のスリッパを窓枠の血の跡にあてがった。ぴたりと一致する。ホームズは私たちのほうを向いて、無言のままにやりと笑った。

マクドナルド警部の顔つきが変わった。興奮のあまり訛《なまり》が丸出しになった耳障りな声でがなった。

「こいつはおったまげた！　ようし、決まったな！　窓枠の血はバーカーが残してったもんだ。それにしても横幅の広い足跡だな。ホームズさんは偏平足ってやつだとおっしゃいましたね。しかし、いったいどういうことなんです？　ホームズさん、教えてくださいよ」

「ふむ、どういうことなんだろうね」私の友人は考え事に没頭していた。

ホワイト・メイスンは誇らしげにくっくっと笑いながら、肉厚の手をこすり合わせた。

「わたしの言ったとおりじゃありませんか！」威勢よく叫んだ。「これはとんでもない怪事件ですよ！」

第六章　曙光《しよこう》が射す

警察官二人にホームズを加えた探偵三人組は、まだ細々した点を調べなければならなかったため、私一人で質素な村の宿屋へ戻ることになった。館《やかた》をあとにする前に、建物の脇にある風趣に富んだ昔ながらの庭園をぶらぶらしてみた。まわりをぐるりと囲んでいるのは珍しい形に刈りこまれたイチイの老樹の列。内側には美しい芝生の絨《じゆう》毯《たん》が広がり、その中央に古い日時計が鎮座している。心安らぐ平穏そのものの光景は、神経がささくれだっていた私にはことのほかありがたかった。のどかな雰囲気に浸っていると、なにもかも忘れられる気がした。薄暗い書斎の床に転がっていた哀れな血まみれの死体さえも、現実ではなく、ひどい悪夢だったのではないかと思えてきた。ところが、すがすがしい木の香りに包まれながら気持ちよく歩きまわっているうちに、奇妙な場面に遭遇した。そのせいで私の心は殺人事件へ引き戻されたばかりか、なんとも不吉な予感を抱えこむこととなった。

奇妙な場面について説明しよう。庭園がイチイの木に丸く囲まれているのは先ほど記したとおりで、家の建物から一番離れたところは木々の間隔が狭まって、垣根のように密に並んでいる。その向こう側の、建物のほうから来た者には見えない位置に石造りのベンチが置かれていたが、私がたまたまそこへ近づいていくと、二人の話し声が聞こえてきたのだ。男が低くて太い声でなにか言い、さざなみのような女の笑い声がそれに応《こた》えている。

垣根の端を反対側へ回りこんだとたん、こちらにまだ気づいていないダグラス夫人とバーカーの姿が目に入った。夫人の表情に私は仰天した。ダイニング・ルームではあれほど物静かで慎み深かったというのに、いまはまるで悲しみの仮面を脱ぎ捨てたかのようではないか。瞳《ひとみ》を生き生きと輝かせ、さも楽しげで、連れの男の言葉に朗らかな笑顔を返している。

バーカーのほうはどうかというと、膝《ひざ》に両肘《りょうひじ》をのせて左右の手を握り合わせ、ベンチに前かがみに腰かけていた。くっきりとした端整な顔には、ダグラス夫人につられて笑みが浮かんでいる。私に気づくと彼らはすぐに――といっても、一瞬遅れたせいで無防備な姿をさらしてしまったわけだが――厳粛な面持ちに変わった。二人のあいだですばやく二言三言、言葉が交わされる。そのあとバーカーがついと立ちあがって、こちらへ近づいてきた。

「失礼ですが、ワトスン先生でいらっしゃいますね？」

私は会釈を返したが、不快感むきだしの冷淡な態度になった。

「ああ、やはり。そうではないかと思っていました。ワトスン先生がシャーロック・ホームズさんと親交の深いことはよく知られています。あちらで少しだけダグラス夫人とお話をなさいませんか？」

私はしぶしぶ彼のあとから歩いていった。床の上で惨殺死体となっていたダグラス氏の姿が脳裏にくっきりと浮かんだ。この館の主人が殺害されてからまだ数時間しか経っていない。それなのに、被害者の一番の親友と愛妻が故人の庭の茂みの陰で笑い合っているとは、いささか不謹慎ではあるまいか。私は夫人に形だけの挨拶《あいさつ》をした。ダイニング・ルームでは夫の死を悲しむ彼女に同情したが、いまは哀れっぽい目を向けられても冷ややかな視線でしか応じられなかった。

「薄情な冷たい女だと思っていらっしゃるんでしょう？」

夫人の言葉に私は肩をすくめて答えた。「私には関係のないことです」

「わたくしの気持ちはいつか必ずわかっていただけるはずですわ。真実をお聞きになれば――」

「お聞かせする必要はないよ」バーカーが急いで口をはさむ。「ご本人がおっしゃったように、ワトスン先生には関係のないことだから」

「まさしくそのとおり」私は言った。「ですから、もう散歩に戻らせていただくことにします。ごきげんよう」

「お待ちになって！」夫人のすがりつくような声に呼び止められた。「ひとつだけ教えてくださいな。わたくしにはとても重要なことですし、どうしてもワトスン先生にうかがいたいのです。ホームズさんと警察の関係について一番よくご存じでしょうから。ホームズさんは内密の相談を受けられたときも、すべて警察に報告なさらないといけないのでしょうか？」

「そう、肝心なのはそこですよ」バーカーも熱心な口調で言う。「彼は独自に捜査なさっているのか、それとも警察と組んでおられるのか、ぜひ教えていただきたい」

「あいにく、そのようなことを論ずる立場にはありませんので」

「そうおっしゃらずにどうかお願いしますわ、ワトスン先生！　ご意見をお聞かせいただけたら、わたくしども――わたくしにとって、どれほど心強いことか。なにとぞ道しるべをお与えください」

夫人が切実な感情をこめて言うので、先ほどの無分別なふるまいは一瞬にして私の頭から消え、願いを聞き入れる気になった。

「ホームズは独立した立場で捜査にあたっています」私は答えた。「誰の指図も受けず、自身の判断で行動します。ですが、同じ事件を調べている警察に対して公明正大であろうとするはずですし、正義を守るためにも、犯人逮捕につながる情報であれば警察に隠したりはしないでしょう。私に申しあげられるのはここまでです。これ以上のことはホームズ本人にお尋ねになることですな」

私は帽子を上げて挨拶し、垣根の裏に隠れたベンチに一組の男女を残して歩きだした。垣根の端で反対側へ折れる際に振り返ると、バーカーたちはなにやら真剣に話しこんでいた。私のほうへ視線を注いでいるということは、今し方の会話について検討し合っているにちがいない。

「内密の相談など持ちかけられたくないね」庭での一件を聞かされたホームズは、にべもなく言った。あれから館で警官二人と午後いっぱいかけて議論したそうで、夕方五時頃に宿へ戻ってくると、私が彼のために注文しておいたハイティー（夕方に楽しむお茶。軽食やお菓子以外に肉や魚の料理もつく）をもりもり食べ始めた。

「あの二人に秘密を打ち明けられても困るよ、ワトスン。彼らが殺人の共謀罪で逮捕される結果になったら、向こうだって後味が悪いだろう？」

「実際にそうなると見込んでいるわけだね」

ホームズはやけに上機嫌で、おどけるように言った。「なあ、ワトスン、この四つ目の卵をめでたく退治したら、全体の状況を細かく説明してあげよう。僕も完全にはつかみきれていなくて、まだ手探り状態と言っていい。だが、消えたダンベルのありかを突き止めれば、めどが立つ――」

「ダンベル！」

「おやおや、なにを驚いているんだい？　どうやらきみは真相究明が消えたダンベルにかかっていることを見抜けなかったようだね。いや、気を落とすことはないよ。ここだけの話だが、マック警部と地元の敏腕刑事もこれこそが事件の核心だとはこれっぽっちも気づいていないから。いいかい、ワトスン！　ダンベルは片方しかなかったんだ。片方だけのダンベルでせっせと身体を鍛える運動家が果たしているだろうか？　想像してごらんよ、片側だけいびつに発達した身体を。背骨が曲がってしまう恐れだってある。心胆を寒からしめる話だろう、ワトスン？　まったくおぞましい！」

ホームズはトーストをほおばりながら、頭がこんがらがっている私にいたずらっぽく光る目を向けた。食欲旺盛《おうせい》な彼を見れば、捜査が順調に進んでいるのはすぐにわかる。難航して分厚い壁にぶつかっているときなら、昼も夜も飲まず食わずで、まるで苦行に身を挺《てい》するがごとく考え事に集中するからだ。もともと痩《や》せて鋭い顔がさらに細くなるほど一心不乱に。

ようやく食事を済ませた彼は、古い村の宿屋の炉辺でパイプに火をつけ、事件について思いつくままゆっくりと語り始めた。すでに出ている結論を披露するというより、声に出しながら考えをまとめている感じだった。

「嘘だったんだ、ワトスン。事件の発端で僕らが遭遇したのは、真っ赤な嘘、途方もない嘘、大胆不敵な嘘だったのさ！　出発点からして嘘まみれというわけだ。いいかい、バーカーの話は全部でたらめだ。にもかかわらず、ダグラス夫人はそれを裏付ける証言をしているから、彼女も嘘をついたことになる。つまり、二人は口裏を合わせたんだ。そうすると、明らかな疑問が生じる。なぜ嘘をついたのか、二人がひた隠しにしている真実とはいったいなにか。ワトスン、その答えを僕らで見つけようじゃないか。嘘の裏にあるものを探しだして、真相を突き止めるんだ。

二人が嘘をついていると見破ったきっかけ？　とうてい真実には思えない下手な作り話なんだから、見破って当然だよ。考えてみたまえ！　僕らが聞かされた話だと、犯人は死体から指輪をはずして、その下の結婚指輪を抜き取り、最初の指輪を再びはめ直すという芸当を犯行後一分以内にやってのけた。そもそも、その行動自体が不自然きわまりない。そのうえ被害者のそばに奇妙な紙切れまで落としていった。はっきり言おう、絶対に不可能だ。

きみはこう反論するだろうね――いや、きみの判断力を見くびるつもりはないんだが、結婚指輪は殺害前に奪ったのかもしれないと考えてやしないか？　だとしたら、蠟燭《ろうそく》のことを思い出してごらん。火がともされていたのはごく短い時間だったから、犯人と被害者のあいだの話し合いも長くなかったはずだ。怖いものなしの勇敢な人物だったというダグラス氏が、あっさり屈して結婚指輪を渡してやるとは考えられない。最後までなにがなんでも手放さないのでは？　わかるだろう、ワトスン？　この説には無理があるんだ。実際には、犯人はランプをともした部屋でしばらく死体のそばに一人でいた。そうにちがいない。

一方、死因が銃弾の傷であることも事実だ。よって、発砲があった時刻は証言より早くなければおかしい。そういう重大な事柄で記憶ちがいが起こることはないだろうと考えたとき、行き着く先はひとつ、銃声を聞いた例の二人——バーカーとダグラス夫人が口裏合わせをしている疑いだ。窓枠についていた血痕《けっこん》が捜査の攪乱《かくらん》をねらったバーカーの偽装工作だとすれば、彼に対する疑いはますます強まる。

そうなると、実際に殺人が行われたのは何時だったのか、是が非でも割りださなければならない。十時半までは使用人たちが館《やかた》のなかを動きまわっていたので、それより前でないのは確かだ。十時四十五分、使用人たちは各自の部屋へ下がり、エイムズだけが食器室にいた。今日、きみが一足先に館を出たあと、いくつか実験をしてみたんだ。そうしたら、マクドナルド警部が書斎で音をたててもドアを全部閉めておけば、食器室にいる僕にはまったく聞こえないことが判明した。

ところが、家政婦の部屋では逆の結果になった。あまり離れていないせいか、書斎での大声がかすかに聞こえたんだ。散弾銃は至近距離で発砲すると、銃声が少しこもった音になる。今回の事件では間違いなく至近距離だ。しかし、特別大きな音ではなかったとしても、静まり返った夜の屋内だから、部屋にいたアレン夫人に充分聞こえただろう。本人が言っていたとおり、いくぶん耳が遠いとはいえ。彼女の証言をたどってみると、騒ぎに気づく三十分くらい前にどこかのドアが勢いよく閉まるような音を聞いている。これが本当の銃声にちがいない。殺人はそのときにおこなわれたんだ。もしそうならば、バーカーとダグラス夫人は十時四十五分に銃声を聞いて階下へ向かってから、呼び鈴で使用人たちを集める十一時十五分まで、いったいどこでどうしていたんだろう？　あの二人が殺人犯でないという前提での話だよ。三十分のあいだなにをしていたのか、なぜすぐに呼び鈴を鳴らさなかったのか。これが僕らの直面している問題だ。その答えを手に入れれば、事件解決の兆しがきっと見えてくる」

「まったくもって同感だ」私は言った。「二人は示し合わせているにちがいない。女のほうときたら、夫が殺されて数時間しか経っていないのに、ほかの男と笑いながらいちゃつくような薄情な人間だからね」

「ああ、確かに。彼女の証言からして、妻の鑑《かがみ》とは呼びがたい内容だった。きみも知ってのとおり、僕はもとから女性に理想を抱いてはいないが、これまでの経験から妻がどういうものかは学んでいる。夫に対する愛情が少しでもあれば、ほかの男にちょっと止められたくらいで、夫の死体に近寄りもせず回れ右するなんてことはありえない。ワトスン、もし僕が結婚するとしたら、わずか数ヤード向こうで僕が冷たくなっているのに、家政婦に促されるままさっさとその場を立ち去るような妻は願い下げだね。それにしても、ダグラス夫人の芝居はあまりにお粗末だった。夫の死に涙ひとつこぼさないんだから、どんなぼんくら探偵だって不審に思うだろう。僕ならあの態度を見ただけで、二人が示し合わせていたと感づくよ」

「やっぱり、バーカーとダグラス夫人が殺人犯なんだろう？」

「ずいぶんと露骨な訊《き》き方をするね、ワトスン」ホームズは手にしているパイプを私に向かって振った。「胸をずどんと撃ち貫《ぬ》かれた心地だ。ダグラス夫人とバーカーは殺人の真相を知っているにもかかわらず、それを隠すために口裏を合わせたのかという質問なら、はっきり答えられる。そのとおりだと。彼らは真相を知っていながら隠しているんだ。ただし、きみが飛びついた結論が正しいかどうかはまだわからない。難題がいくつか立ちふさがっているからね。それについてちょっと考えてみたい。

まず最初に、あの二人が密通していて、邪魔な男を消すことに決めたと仮定しよう。これが大前提だ。しかし、使用人をはじめ、まわりの者たちにそれとなく探りを入れたが、裏付けとなる根拠はひとつも得られなかった。逆に、ダグラス夫妻は大変仲睦《なかむつ》まじかったという証言はざくざく出てきたよ」

「とうてい納得できないね」私は庭でさも楽しそうに笑っていた夫人の顔を思い浮か

べて言った。

「まあ、少なくとも周囲からは夫婦円満に見えたわけだ。では次に、抜け目のない男女が皆をあざむいて密通し、邪魔になった夫の殺害を企てたとする。好都合なことに、夫はどこか別のところから危険が迫っていると警戒し――」

「例の二人がそう言っているだけだろう？」

ホームズはなるほどという表情になった。「わかったよ、ワトスン。彼らの話は最初から最後まで嘘っぱちだと考えているんだね。じゃあ、きみの説でいくと、忍び寄る危険だの、秘密結社だの、恐怖の谷だの、それから親分のマギンなんとかいう男のことも、全部作り話というわけか。なるほど、まさしく一刀両断だね。そうだとしたら、果たしてどういうことになるかな？

くだんの男女はダグラス氏が殺された理由を悟られないよう、目くらましのために作り話をしたと仮定する。二人はさらに自転車を茂みに隠しておき、外部の者の犯行であるように見せかけた。窓枠の血痕も同じねらいだろう。死体のそばにあった紙切れも同様。あれは外から持ちこまれたのではなく、あらかじめ館のなかで用意したものかもしれない。これらはすべて、きみの説にすんなりあてはまるね、ワトスン。ところが、ここでとてつもなく困難な壁にぶつかる。どうしても矛盾する事柄があるんだ。凶器だよ。なぜわざわざ銃身を切り詰めた散弾銃など用いたのか――しかもアメリカ製と来た。銃声がすれば、誰かがすぐに飛んでくることくらい予想できたろうに。家政婦のアレン夫人はドアの閉まる音だと思いこんで部屋を出なかったが、あれはまったくの偶然にすぎない。きみが犯人だとにらんでいる二人は、どうしてそんな無茶をしたんだい？」

「正直言って、わからない」

「ほかにもひっかかることがある。情を通じ合った二人が女の夫を亡き者にするとしても、犯行後に結婚指輪を抜き取ったりしたら、動機は結婚がらみですと宣言しているようなものだ。おかしいとは思わないか、ワトスン？」

「まあ、そうだな」

「もうひとつ、館の外に自転車を隠しておいた件だが、それを思いついた時点でやっても無駄だと気づいたろうに。逃亡にもってこいの道具を犯人が捨てていくわけないんだから、ごまかしだってことは頓馬《とんま》なへぼ探偵でも看破できる。なぜあんなまねをしたのか説明してもらいたいよ」

「到底無理だ」

「そうだろう？　しかし、人類の英知をもってしても解き明かせない現象が二つも三つも重なるはずがない。だから正解かどうかは別として、頭の体操代わりに考え得る理論を展開してみる。推測の域を出ないとはいえ、真実が想像力から生まれることはよくある話だからね。

では、ダグラスという男の過去に恥ずべき後ろめたい秘密があると仮定しよう。この場合、外部から来た復讐者《ふくしゅうしゃ》に殺されたと考えるのが自然だ。なぜなのかは僕にも見当がつかないが、犯人は死体の指から結婚指輪を抜き取った。ひょっとすると、ダグラスの最初の結婚を恨んでの仇討《かたきう》ちなのかもしれない。もしそうならば、結婚指輪が持ち去られたことに説明がつく。

復讐者が逃げだすよりも早くバーカーとダグラス夫人が部屋へ駆けつけた。二人は殺人犯に脅される。自分がつかまったら、おまえたちの不義の関係を世間にばらすとね。背に腹は代えられない。二人は犯人を逃がすことにした。そのためには橋をいったん下ろして、また上げなければならないが、おそらくあまり音をたてずに済んだだろう。とにかく犯人は館から脱出する。そのあと、なんらかの理由で自転車ではなく自分の脚を使って逃げるほうが有利と判断した。そこで、安全な場所へ逃げおおせるまでの時間稼ぎに、自転車を人目につきにくい場所に隠した。ここまではどれも可能性の範囲内だろう?」

「そうだな。まあ、ありえないことではないね」私は曖昧《あいまい》に答えた。

「ワトスン、なにが起こったにせよ、きわめて異常な事態だということを念頭に置いて考えないとね。それじゃ、推論の組み立てを続けよう。例の男女は――実際に不義の関係であってもなくても――殺人犯が去ったあとで、まずい立場に置かれたと気づく。自分たちのしわざではないし、犯行を見て見ぬふりしたのでもないと主張したところで、証拠はあるのか？　焦った彼らはその場しのぎの策を講ずる。まず、逃走経路は窓だと思わせるため、バーカーのスリッパで窓枠に血の染みをつけた。次に、銃声を聞いたのはどうやら二人だけのようだから、呼び鈴を鳴らしてほかの者たちを呼んだ。このとき事件発生からゆうに三十分は経っていたがね」

「いまの話をどうやって立証する？」

「そうだな、外部の者が犯人なら、捜しだしてつかまえるしかない。それがなにより強力な証拠だ。しかし、外部の者でないとすると――いや、現場検証の余地はまだ残っている。あの書斎に夜間に一人きりでこもれば、有意義な時間を過ごせると思うよ」

「夜間に一人きりで！」

「これから出かけていくつもりだ。有能なエイムズと相談して、必要な手はずを整えておいた。あの執事はね、バーカーをあまりよく思っていないのさ。とにかく、書斎でじっと座っていれば、室内の霊気からなにか着想を得られるかもしれない。僕は土地の守り神なる存在を信じているんだ。笑ったな、ワトスン。まあ、乞《こ》うご期待だな。ところで、きみはあの大きな傘を持ってきているかい？」

「ここにある」

「貸してもらえるとありがたいんだが」

「かまわないよ。だけど、ずいぶん頼りない武器だなあ！　もし危険なことに――」

「心配ないよ、ワトスン。危険な場所なら、きみに同行を頼まないといけないが、今夜は傘があれば一人で充分だ。さて、あとはわれらの仲間のご帰還を待つばかりだな。警部たちはいま、タンブリッジ・ウェルズで自転車の所有者を突き止めようと奮闘しているんだ」

マクドナルド警部とホワイト・メイスンが遠征から戻ってきたのは、夕暮れ時になってからだった。捜査に大いなる進展があったと、二人は得意顔で報告した。

「いまだから白状しますがね、本当に外部の者の犯行なんだろうかと疑ってたんですよ」とマクドナルド警部。「しかし、これですっきりしました。自転車の持ち主が判明して、その男の人相もつかめたんですよ。遠出したおかげで良い土産を持ち帰れました」

「解決間近と考えているんだね」ホームズは言った。「お二人に心よりお祝いを申しあげる」

「これはどうも、恐縮です。足がかりになったのは、事件の前日にタンブリッジ・ウェルズへ買い物に行ったあと、ダグラス氏が動揺して見えたって話でした。タンブリッジ・ウェルズで危険を察するような出来事があったにちがいない。犯人に関してですが、自転車で来たのならばタンブリッジ・ウェルズからだと思われます。そこで、あの自転車を持っていって現地のホテルを回り、見覚えがないか尋ねてみたんです。持ち主はすぐに特定できました。〈イーグル・コマーシャル・ホテル〉の支配人が、二日前から宿泊しているハーグレイヴという客のものだと教えてくれましてね。小さな旅行鞄《かばん》ひとつで自転車に乗って現われたそうです。住所は不明。宿帳にはロンドンと記入されていただけでした。鞄はロンドン製で中身もすべてイギリス製、しかし当人はアメリカ人と見て間違いないようです」

「けっこう、けっこう」ホームズが上機嫌で言う。「僕がここに座って友人とああでもないこうでもないと空論を重ねているあいだ、きみたちは足を使って地道に捜査を続けていた。マック君、実践あるのみという教訓を示してくれたんだね！」

「まあ、そういうことになりますかな、ホームズさん」警部はご満悦の体《てい》だ。

「これできみの仮説はますます有力になったね」私はホームズに言った。

「まだわからないよ。しまいまで聞かせてもらおう、マック君。その男がどこの誰か突き止める手がかりはないのかい？」

「まったくと言っていいほどありません。身元を知られないよう細心の注意を払っていたようです。書類や手紙はどこを探しても見あたらず、衣類にもしるしはいっさいなし。寝室のテーブルに残されていたのはこの地方の自転車地図だけ。ホテルがわれわれの要請を受けて確認したところ、昨日の朝食のあと出ていったきり戻っていないことがわかりました」

「そこが解せないんですよ、ホームズさん」ホワイト・メイスンが言った。「目をつけられたくなかったら、何食わぬ顔でホテルに戻って、普通の旅行者のふりをしていればよかったでしょうに。姿をくらませば支配人がいずれ警察に届けることくらい予想できたはずです。その結果、殺人事件とのつながりが浮上することも」

「確かに一理あるが、現時点ではその男の判断は間違っていなかったわけだ。いまだにつかまっていないんだからね。人相がわかっているそうだが、どんな男なんだい？」

マクドナルド警部が手帳を取りだす。「証言を集められるだけ集めてきましたよ。はっきり見たという者は誰もいないんですが、ホテルのボーイや事務員、女性客室係などの話から一致する点を書きだしてあります。身長は五フィート九インチくらい、歳は五十がらみ、ちらほら白いものが交じった頭に灰色がかった口ひげ、鷲鼻《わしばな》。気性の荒そうないかつい顔だったというのが全員に共通した意見です」

「ほう、顔の印象以外はダグラス氏にだいたいあてはまりそうだね」ホームズは言った。「彼も五十歳を過ぎたばかりだし、頭髪と口ひげは灰色だった。身長もちょうどそれくらいだ。ほかに特徴は？」

「服装は灰色のスーツで、リーファー・ジャケット（厚手紡毛地で作られた六つボタン両前仕立ての防寒用ショート・ジャケット。もとは船乗りが着用した）の上に丈の短い黄色のコートを重ね、頭には生地の柔らかい縁なし帽をかぶっていました」

「散弾銃については？」

「二フィートにも満たない長さですから、鞄にすっぽり収まりますし、コートの下にも隠せます。持ち運びは容易だったでしょう」

「その男は事件全体にどう関わってくるんだい？」

「ホームズさん」マクドナルド警部が答える。「そいつをつかまえてからのほうが、正確な判断を下せるんじゃないでしょうか。人相を聞いて五分以内に手配書を回しましたので、大船に乗ったつもりでいてください。現段階でも捜査はずいぶんはかどったと言えます。ハーグレイヴと名乗るアメリカ人が、二日前に鞄一個と自転車でタンブリッジ・ウェルズへやって来たとわかったんですから。鞄には銃身を切り詰めた散弾銃が入っていた。あらかじめ犯行計画を立てて乗りこんできたわけです。

　昨日の朝、男はコートの下に散弾銃を隠して自転車でホテルを出た。目的地はこの村です。いまのところ村での目撃者は出てきていませんが、バールストン館の門までは村を抜けなくても行けますし、街道では自転車がひっきりなしに通行してますから、目に留まらなくても不思議はありません。推測するに、男は自転車をすぐにあの月桂樹の茂みに隠したんでしょう。そのあと自分もそこに身を潜めて館《やかた》の様子をこっそりうかがい、ダグラス氏が出てくるのを待ちかまえていたものと思われます。銃は屋内では使い勝手の悪い凶器です。男はもともと屋外で発砲するつもりだったにちがいない。そのほうがなにかと都合がいいですからね。確実にしとめられますし、狩猟のさかんな土地柄ゆえ、銃声がしても騒ぎにならずに済むでしょう」

「道理にかなっている」ホームズは言った。

「ところが、肝心のダグラス氏が出てこない。そこで男はどうしたか？　夕闇のなか、自転車を置いたまま館へ近づいていった。すると橋が下りていて、あたりに誰もいない。いちかばちか進んでみることにした。見とがめられたら適当に言いつくろうつもりだったが、幸いにして誰とも出くわさなかった。建物に侵入すると、最初に目についた部屋へ入り、カーテンの後ろに隠れた。跳ね橋が上がるのがそこから見え、逃げるときは濠《ほり》を渉《わた》るしかないと悟った。

待ち続けるうちに十一時十五分になり、その日も夜の見回りを始めたダグラス氏が書斎へ入ってきた。男はそこで発砲、ダグラス氏を撃ち殺す。そのあと心づもりしていたとおり濠から逃げた。自転車はホテルの者たちに見られているので、乗っていくのは危険だ。茂みに置いたまま、別の手段でロンドンへ、もしくは用意しておいた隠れ家へ逃げた。いかがです、ホームズさん？」

「そうだね、上出来だと思うよ、マック君。事の経過がよく整理されている。それがきみの考える事件の全容というわけか。僕のはちがうんだ。実際の犯行は報告された時刻よりも三十分ほど早い。それから、ダグラス夫人とバーカーには共通の隠し事がある。二人は犯人の逃走に手を貸した――少なくとも、犯人が逃げる前に現場へ駆けつけたのは確かだ。窓から逃げたように見せかけるため、偽の手がかりをでっちあげたが、実際には橋を下ろして逃がしたんだろう。以上が事件前半に関する僕の推理だ」

二人の警察官はかぶりを振った。

「まいりましたな、ホームズさん。もしもそれが真相なら、謎を解いたとたん別の謎に転がり落ちた気分ですよ」スコットランド・ヤードの警部が愚痴をこぼす。

「それも、ますます難しい謎に」ホワイト・メイスンも意見をはさむ。「夫人はアメリカへ行ったことすらありません。逃走を手助けしたとすれば、アメリカ人の殺人犯とのあいだによほど強いつながりがなくてはおかしいと思いますが」

「難しい謎なのは率直に認めよう」ホームズは言った。「だから今夜、僕一人でちょっと調べてみるつもりだ。そのあたりの事情を解明する糸口を得られるかもしれない」

「お手伝いしましょうか、ホームズさん？」

「いやいや、お気遣いなく！　暗闇とワトスン君の傘――それだけあれば事足りる。おっと、執事のエイムズも忘れてはいけない。律儀な彼なら、きっと無理な注文も聞いてくれるだろう。僕は事件について考えるたび、どの筋道をたどっても、同じ根本的な疑問に引き戻されるんだ。片方だけのダンベルで身体を鍛えようとする運動家などいるだろうか、という疑問に」

ホームズが単独の冒険から帰還したのは、その晩だいぶ遅くなってからだった。ベッドが二台ある、その宿屋で一番上等だという部屋ですでに眠りについていた私は、彼が戻ってきた物音にぼんやり気づいた。

「お帰り、ホームズ」私は小声で言った。「どうだった？」

ホームズは蠟燭《ろうそく》を片手にベッドの脇に黙ってたたずんでいたが、少しして背の高い細く引き締まった身体を私のほうへ寄せた。「なあ、ワトスン」耳元で彼のささやき声がする。「気が変になったり、おつむが干からびたり、正気を失ったりしたやつと同じ部屋に泊まっても平気かい？」

「ああ、平気だとも」私は驚きながらも答えた。

「よかった、ありがたい」それきりホームズはもうなにも言わなかった。

第七章　解　決

あくる日、朝食後に村のウィルスン巡査部長の家を訪ねると、小ぢんまりした客間に真剣な面持ちのマクドナルド警部とホワイト・メイスンの姿があった。テーブルの前に座って、山と積まれた手紙や電報を丁寧に分類しながら、内容の摘要を作っている。よりだした三通がかたわらに置いてあった。

「相変わらず、逃げ足が速い自転車乗りの行方を追っているようだね」ホームズは快活な口調で話しかけた。「犯人に関して新しい情報は?」

マクドナルドはげんなりした様子で書類の山を指さした。

「目下のところ、レスター、ノッティンガム、サウサンプトン、ダービー、イーストハム、リッチモンド、ほか十四カ所から目撃情報が寄せられています。そのうちレスター、イーストハム、リヴァプールの三カ所では、容疑者に間違いないとして身柄を拘束しました。世の中には黄色いコートを着た逃亡者がうじゃうじゃいるようでして」

「おやおや、それは！」ホームズは気の毒そうに言った。「では、マック君とそちらのホワイト・メイスンさんにとっておきの助言を差しあげよう。きみたちとこの事件の捜査に着手した際、僕がなんと言ったか覚えているね？　生半可な意見を口にするのは控えたいと伝えたはずだ。絶対に正しいと確信するまでは、頭の奥にしまったまま吟味を重ねるつもりだと。また、警察に対してフェアプレイ精神を貫くことも約束した。お二人が無益な仕事で無駄骨を折っているのに知らん顔するのは、フェアプレイ精神に反すると思ってね。それでこうして助言にやって来たんだ。簡潔に言おう。捜査は断念するように」

マクドナルド警部とホワイト・メイスンは、あっけにとられた顔で練達の探偵を見つめた。

「見込みがないんですか？」警部は心外とばかりに尋ねる。

「警察のやり方にはね。だが、事件の解決に見込みがないとは思っていないよ」

「自転車の男を追うのは間違いだとおっしゃるんですか？　作り話ではなく、実在する人物ですよ。人相もわかっているし、所持品の鞄《かばん》と自転車も押収しました。必ずどこかにいるんですから、つかまえられないわけがない」

「もちろん、そうだとも。その男がどこかにいて、いずれわれわれにつかまることは確実だ。それでも、イーストハムだのリヴァプールだのによけいな労力を割いてほしくない。どこかに目的地へ通じる近道があるはずだから」

「なにか隠していらっしゃるようだ。それこそフェアプレイ精神に反するというものですよ、ホームズさん」マクドナルド警部は渋い顔になった。

「僕のやり方は知っているはずだけどね、マック君。とはいえ、なるべく早く明らかにするよ。細かい部分でもう少し地固めをしたいだけなんだ。簡単に終わる作業だから、僕はじきに失礼してロンドンへ帰ることになる。手柄はそっくりきみたちに進呈しよう。世話になったせめてもの恩返しだよ。なにしろ、これほど風変わりで面白い事件に携わったのは初めてだからね」

「狐につままれたような気分ですよ、ホームズさん。昨夜、われわれがタンブリッジ・ウェルズから戻ってきたときは、持ち帰った成果に満足なさっていたじゃありませんか。こんなふうに方針が百八十度変わるとは、あれからいったいなにがあったんです？」

「うむ、まあ、訊《き》かれたので答えよう。ゆうべ言ったとおり、あのあとバールストン館で数時間過ごしたんだ」

「で、そこでなにが起きたんですか？」

「それについては、現時点ではおおまかなことしか話せない。ところで、僕はいま、あの古い領主館の解説書を読んでいるんだ。ページは薄いが内容は充実しているし、村の煙草屋でたったの一ペニーで買える」

そう言うと、ホームズはチョッキのポケットからバールストン館の粗い図版が添えられた小冊子を取りだした。

「マック君、この土地の歴史的な趣に慣れ親しめば、事件捜査の醍醐味《だいごみ》が大いに増すと思うよ。まあまあ、そういらいらせずに。ここに書いてあるおおざっぱな説明を読んだだけで、昔日の光景が頭に浮かんでくるから不思議だ。ためしにちょっと読みあげてみよう。

〝ジェームズ一世の時代に入ってから五年目に建てられた、大昔の建物の跡地に鎮座するバールストンの領主館は、現存するジャコビアン様式の環濠《かんごう》屋敷において群を抜いて壮麗――〟」

「われわれをからかってるんですか、ホームズさん！」

「おっと！　マック君、そんなにかっかしているきみは初めて見たよ。わかった、どうしても気に食わないようだから、もう読むのはやめにする。だが、あの建物はピューリタン革命が起きていた一六四四年に議会派の大佐に乗っ取られたり、数日間だがチャールズ一世の潜伏場所になったりしたそうだよ。のちにはジョージ二世がご訪問あそばしたとの記述もある。どうだい、バールストンの古い領主館はいろいろと興味深い歴史をたどってきているだろう？」

「それは否定しませんがね、われわれの仕事とはまったくの無関係ですよ、ホームズさん」

「無関係？　本気で言っているのかい？」マック君、僕らにとって広い視野を持つことは、なくてはならない商売道具のひとつなんだよ。複数の着想をかけ合わせたり、知識を変則的に活用したりすることで、しばしば思いがけない発見が生まれるものだ。一介の犯罪通だが、きみより長く生きている、それなりに経験も積んできた者として言わせてもらった。悪しからず」

「心からありがたく思います」マクドナルド警部はかしこまって答えた。「ご意見もごもっともですが、あんまりまわりくどい言い方をされては困ります」

「なるほど。じゃあ、しかたない、歴史はひとまず措《お》いて、現在の事実を取りあげよう。さっき言ったとおり、僕は昨夜バールストン館へ行った。だが、バーカーにもダグラス夫人にも会っていない。それには及ばないと思ったんでね。夫人はやつれた様子もなく、夕食をたっぷり召しあがったと聞いているから、もう安心だ。とにかく、僕が会いたかったのは頼みの綱のエイムズで、彼とのなごやかな話し合いの結果、誰にも内緒で僕を書斎でしばらく一人きりにしてくれることになった」

「なんと！　書斎にはまだあれが――」私は思わず言った。

「いやいや、全部きれいに片付けられていたよ。マック君、きみがそうしていいと許可したそうだね。そんなわけで、普段の状態に戻った部屋で十五分ほど有意義な時間を過ごせたよ」

「なにをなさったんですか？」

「隠しておくまでもない簡単なことさ。なくなったダンベルの片割れを探したんだ。それがどうしても気になって、推理を組み立てるうえでずっと足かせになっていたが、とうとう見つかったよ」

「どこにあったんです？」

「悪いが、話せるのはここまでだ。この先の未踏の地へは、もう少し、あとほんの少し経ってから案内するよ。その時が来ればなにもかも明らかにすると約束しよう」

「そうですか。わかりました、あなたの条件をのむしかありませんな」マクドナルド警部は言った。「しかし、捜査を断念しろと言われたことは納得が行きません――いったいどういうわけで、捜査から手を引かなけりゃならないんです？」

「単純な理由だよ、マック君。追うべき対象がわからずに捜査しているからさ」

「われわれが追っているのは、バールストン館のジョン・ダグラス氏を殺害した犯人ですが」

「ああ、そうだ。そのとおり。だったら自転車に乗った謎の男など放っておきたまえ。断言するが、追跡しても無駄だ」

「では、どうすればいいんです？」「実行する気があるなら、はっきり教えよう」

「これまでも、あなたのとっぴな発言の裏には必ずそれなりの理由がありましたからね。ご指示に従いますよ」

「ホワイト・メイスンさんはどうかな？」

さっきから地元の刑事は途方に暮れた様子でホームズとマクドナルドの顔を見比べていた。ホームズのような人物や手法は初めてだろうから無理もない。「はあ、まあ、警部さんがそれでいいなら、わたしも異論はありません」迷った末に答えた。

「大変けっこう！」ホームズが言う。「では、お二人で気持ちのいい戸外へ散歩に出かけてはどうかな？　聞くところによれば、バールストンの丘から眺めるウィールドの森林地帯の景色は格別だとか。うまい昼食にありつける宿屋もきっと見つかるだろう。僕はこの土地に不案内なので、どこがお勧めか訊かれても困るがね。まあ、そんな感じで過ごすうちに夕方になって、心地よい疲れとともに満ち足りた気分――」

「もうたくさんです！　冗談はやめてください！」マクドナルド警部は憤然と椅子から立った。

「だったら、好きなように過ごせばいい」ホームズは朗らかに言って警部の肩を軽く叩《たた》いた。「どこでなにをしようがかまわないよ。ただし、日が暮れる前に必ず戻ってきてほしい。いいね、マック君——必ずだ」

「それならまっとうなご指示ですから、従いましょう」

「散歩も気の利いた過ごし方だと思うんだが、無理強いはしないでおくよ。必要な時にここにいてくれれば充分だ。さてと、解散の前にバーカーさん宛にきみから一筆書いてもらおうか」

「えっ？」

「僕が口述するから、書き取ってほしいんだ。じゃあ、始めるよ。

『拝啓
突然で恐縮ですが、濠《ほり》の排水作業を実施したいと存じます。捜査の手がかりになるものが出てくる——』」

「出てきやしませんよ」警部が口をはさむ。「あそこは調べ尽くしたんですから」

「いいんだよ、これで。頼むから言ったとおり書いてくれないか？」

「わかりました。続きを」

『——捜査の手がかりになるものが出てくる見込みを考慮しての決定で、すでに準備は整っております。作業員は明日の早朝、濠に通ずる小川の流れを変える——』」

「無理ですよ！」

『——小川の流れを変える工事に取りかかります。その旨ご承知おき願いたく、あらかじめお伝えする次第です』

最後にサインしたら、四時頃に使いを出して先方に届けてくれたまえ。われわれもその時刻にまたここで会おう。よって四時までは自由行動ということになるが、もう一度念を押しておく。捜査はひとまず中止ということを忘れずに」

宵闇が忍び寄る頃、私たちは再び集合した。ホームズはいつもの厳粛な面持ちで、私は好奇心でいっぱい、マクドナルド警部とホワイト・メイスンは見るからに不服そうな苦い顔つきだった。

「それでは、諸君」ホームズはおごそかな調子で呼びかけた。「これから一緒に実験をおこなうので、全面的に協力していただきたい。僕のこれまでの意見が適切だったかどうかは、僕が下した結論を見てからご判断願えればと思う。今夜は冷えこむだろうし、この探検はいつ終わるかわからない。しっかり厚着をして暖かい恰好《かっこう》で頼むよ。さあ、真っ暗になる前に戻ってくるのが先決だから、さっそく出かけよう」

敷地の境界線に沿ってバールストン館の外側を回りこんでいくと、垣根の柵《さく》が途切れているところがあった。そこを静かに通り抜け、薄闇にまぎれながらホームズのあとについて先へ進んだ。しばらくすると、正面玄関と跳ね橋のほぼ真正面に茂る植え込みにたどり着いた。橋はまだ下りている。ホームズが月桂樹の陰にしゃがむのを見て、私たち三人もそれにならった。

「で、このあとはどうするんです？」マクドナルドがつっけんどんに訊《き》く。

「〝忍耐によって、あなたがたは命をかち取りなさい〟（新約聖書『ルカによる福音書』第二十一章十九節より）という教えどおり、音をたてないで辛抱強く待つ」

「そもそも、どうしてこんなところに来たんです？　いいかげん、われわれにもちゃんと説明してもらいたいものですな」

ホームズは笑って言った。「ワトスン君によれば、僕は実生活での劇作家だそうでね。芸術家の血が騒いで、手の込んだ場面を用意しないと気が済まないらしい。無理もないだろう、マック君？　われわれの仕事はたまに芝居じみた演出で結末を盛りあげないと、単調でぱっとしないものになってしまう。かといって、おまえが犯人だと決め台詞《ぜりふ》を言うとか、いきなり肩に手を置くとか、そんな安っぽい大団円はまっぴらだ。鋭い推理と巧妙な罠《わな》、先を見通す高い予測能力、さらには大胆な仮説の鮮やかな証明――そうしたものこそが、この仕事を天職とする者の矜持《きょうじ》であり、やりがいでもあるはずだろう？　いまの緊迫した状況で、きみは獲物を狙う狩人《かりゅうど》のごとく奮い立ち、期待に胸を躍らせているはずだ。もし予定を細かく知っていたら、わくわくする気持ちなど味わえっこない。だから、もう少しの辛抱だ、マック君。じきになにもかもわかる時が来る」

「はあ、そうですか」スコットランド・ヤードの警部は冗談交じりにあきらめ口調で続けた。「この寒さで凍死しちゃう前に、矜持ややりがいってものにありつけるといいんですがね」

全員にとってうなずける、至極もっともな願いだった。長くてつらい夜の張り込みになったからである。古屋敷の憂鬱《ゆううつ》げな顔のような細長いファサードを、じりじりと忍び寄る闇が少しずつのみこんでいった。濠から吹いてくる冷たく湿った空気に私たちは身体の芯《しん》まで凍え、歯の根が合わないほどがたがた震えた。見える灯《ひ》は玄関の上のひとつきりのランプと、殺人現場の書斎にともっている丸い明かりだけ。ほかはすべて漆黒の闇に沈み、静寂に包まれている。

「いつまでこれが続くんですか？」しびれを切らした警部が訊く。「だいたいにして、なにを見張っているのかも皆目わかりません」

「いつまで続くかは僕だってわからないさ」ホームズは投げやりな口調で答えた。「犯罪者が鉄道のように時刻表どおり動いてくれれば、われわれの仕事もうんとやりやすくなるだろうがね。なにを見張っているのかというと――おっと、噂をすれば影だな。ご登場あそばしたぞ！」

ホームズが話している最中《さなか》、書斎の黄色い明かりがちらつきだした。何者かが明かりの前を横切って、行ったり来たりしているのだ。私たちが隠れている月桂樹の茂みは書斎の窓の真ん前で、距離も百フィート足らずだった。と、そのとき、蝶番《ちょうつがい》のきしむ音とともに窓がぱっと開いた。外の暗がりをのぞきこむ男の頭と肩がぼんやりした黒いシルエットを描く。誰にも見られていないことを確かめたいのだろう、男は前方をこっそりうかがっていたが、少しすると今度は窓から身を乗りだした。夜のしじまに、水がぴちゃぴちゃとはねる音がかすかに響いた。どうやら手に持っている物で濠の水をかき回しているようだ。そのうちに突然、魚釣りのようになにかを手繰り寄せた――大きな丸い物体で、それを窓の内側へ引きこむ際、また明かりが一瞬さえぎられた。

「いまだ！　行くぞ！」ホームズが叫ぶ。

全員立ちあがって、駆けだした。私たち三人は足が凍えてふらついたが、先頭を行くホームズだけは俊足を飛ばしてあっという間に橋を渡り、玄関にたどり着いたが早いか呼び鈴を荒々しく鳴らした。閂《かんぬき》をはずす耳障りな音がしたあと、驚いた顔のエイムズが戸口に現われた。ホームズは無言でエイムズを押しのけ、なかへ入っていく。私たちもそれに続き、さっき見張っていた不審者のいる部屋へ飛びこんだ。

外から見えた明かりはテーブルに置かれた石油ランプだった。それをセシル・バーカーがつかんで、私たちのほうに向けた。不屈の精神をみなぎらせた、ひげのないきりりとした顔がランプの光を受けて輝いている。

「なんのまねですか、いったい？」バーカーは大声で言った。「ここへなにしに来たんです?」

ホームズはすばやくあたりを見回して、書き物机の下に突っこまれていた物をひっつかんだ。紐《ひも》で縛ってあるびしょ濡《ぬ》れの包みだった。

「これを手に入れに来たんですよ、バーカーさん。ダンベルの重しがついたこの包みをね。あなたが濠の底から引き揚げたばかりだ」

バーカーはびっくりした顔でホームズを見つめた。「なぜだ? なぜこれのことを知っていた?」

「知っていて当然でしょう。僕が沈めたんですから」

「あなたが沈めた? ばかな!」

「じゃあ、〝沈め直した〟と言い換えてもかまいませんよ」ホームズは続けた。「マクドナルド警部、忘れてはいないだろうが、僕はダンベルが片方しかないことをきみの前ではっきり指摘して、注意を促したはずだ。ところが、きみは別のことにかかりきりだったせいで、片方だけのダンベルについて突き詰めて考えようとしなかった。もしそうしていれば、いろいろな推理を引きだせたはずだがね。濠《ほり》に近い場所でなにか重い物が消えたならば、水底に沈められたのではないかと考えるのは少しも強引ではない。当たっているかどうか調べてみても損はないだろう。さっそくエイムズの協力を得て、この部屋に入らせてもらったよ。そしてワトスン君の傘で水中を探った結果、柄の曲がった先端にこの包みが引っかかった。中身を調べたのは言うまでもない。だが、一番重要なのは誰が沈めたかだ。そこで、明朝に濠を干すという嘘で餌をまいた。誰であれ相手は必ずそれに食いつき、暗くなったら闇に乗じて濠に隠した包みを引き揚げるだろうと踏んで。まさにそのとおりの行動に出た人物をわれわれ四人が目撃した。さあ、バーカーさん、今度はあなたのお話をうかがいましょう」

ホームズは濡れそぼった包みをテーブルの上のランプの脇に置き、紐をほどいた。中身が現われると、最初にダンベルを取りだして、部屋の隅にあるもう一個のほうへひょいと転がした。続いて一足の靴を手に取った。

「ご覧のとおり、アメリカ製だ」靴の爪先《つまさき》を指して言う。

次に出てきたのは、鞘《さや》に収められた長くて禍々《まがまが》しいナイフだった。ホームズはそれをテーブルに置いてから、最後に衣類のかたまりをばらばらにして広げた。下着、靴下、灰色のツイードのスーツ、そして丈の短い黄色のコートと、一式そろっている。

「ありふれたものばかりだな」ホームズは衣類を眺めた。「コートを除いては」そう続けてコートを手に取り、明かりのそばへ持っていった。「ほら、ここを見たまえ。裏地の内ポケットを長く延ばして、銃身を切り詰めた散弾銃なら難なく隠せるようにしてある。それから、襟の裏に縫いつけられた仕立て屋の小布片《タグ》には、〝ニール紳士服店、アメリカ合衆国ヴァーミッサ〟の文字。僕は今日の午後、牧師館の図書室でためになる情報を仕入れて、知識を一段と広めたよ。アメリカ合衆国のヴァーミッサはね、良質の炭鉱と鉄鉱山で知られる地方に栄えた、谷の奥の小さな町だとわかったんだ。

そういえば、バーカーさん、あなたは確か、ダグラスさんの最初の妻は炭鉱地方に関係があったようなことをおっしゃった。ということは、死体のそばの紙切れに書かれた〝V．V．〟はヴァーミッサ谷《ヴァレー》を表わしているのかもしれない。また、そこがまさに暗殺者を送りこんできた例の〝恐怖の谷〟ではないかと考えても、飛躍しすぎではないでしょう。ずいぶん明らかになってきましたね。おっと、失敬、バーカーさん。あなたのお話をうかがうと言っておきながら、口をはさんでしまった」

掛け値なしに見ものだったのは、高名な探偵がぺらぺら解説しているあいだ、忙《せわ》しく変化したセシル・バーカーの表情だった。怒り、驚き、狼狽《ろうばい》、躊躇《ちゅうちょ》といった感情が代わる代わるよぎっていったのだ。耐えきれなくなった彼は、とうとう辛辣《しんらつ》なあてこすりで応酬した。

「ホームズさん、それだけいろいろご存じなら、あなたがお話しになればいい」

「ご要望とあらば、いくらでもお話ししますよ。ですが、バーカーさん、潔くご自分から打ち明けたほうがよろしいのではないですか？」

「あなたのご意見はわかりました。とにかく、ひとつだけ言っておきたいのは、たとえ秘密があったとしても、わたしの秘密ではない以上、わたしの口から漏らすわけにはいかないということです」

「よくお聞きなさい、バーカーさん」警部が静かに告げる。「そんなふうに我を張るなら、あなたを警察の監視下に置いて、逮捕状を請求することもできるんですよ」

「だったら、勝手にそうすればいいでしょう」バーカーはふてぶてしく言い返した。取りつく島がないとはまさにこのことだ。固くこわばった顔つきを一目見れば、彼の強靱《きょうじん》な意志は歴史上最も苛酷《かこく》な拷問にすら屈しないであろうと察せられた。ところが、一人の女性の声がこの膠着《こうちゃく》した局面を一瞬で打開した。半開きのドアの外で話を聞いていたダグラス夫人が、室内へ入ってきてこう言ったのである。

「ここまでにしましょう、セシル。この先どうなろうと、もういいの。あなたは充分やってくれたわ」

「充分すぎるほどですよ」ホームズが重々しい口調で言う。「奥さん、このたびの件で心からの同情を捧《ささ》げるとともに、司法制度の良識を信じ、警察に胸襟を開いてくださることを切に願います。あなたが友人のワトスン君を介してそれとなく伝えてくださったにもかかわらず、それに対処しなかったのは、僕の落ち度と言うべきかもしれません。あのときはもっともな理由があって、あなたが事件に直接関与していると考えていました。しかし、いまはちがう。そうではないと確信しています。その一方で、説明のつかない事柄が数多く残っていることも事実です。真相をご自身で説明していただけるよう、あなたからご主人のダグラスさんをぜひ説得してください」

ホームズにそう告げられたとたん、ダグラス夫人はあっと叫んだ。すぐにそれを追いかけるかのように今度は警察官二人と私が驚きの声を上げた。なんと、隅の暗闇から一人の男が、まるで壁から抜けでてきたかのように突然現われたのである。夫人は振り返るなり、両手を広げて男をひしと抱きしめた。バーカーは男が差し伸べた手をしっかりと握った。

「ジョン、これでよかったのよ、これで」その男の妻は言った。

「奥さんのおっしゃるとおりです、ダグラスさん」とホームズ。「あなたもじきに心底そう思うでしょう」

暗がりから急に出たので光に目がくらんだのだろう、男はその場に突っ立ったまま、まばたきしながら私たちを見た。非常に目立つ容貌《ようぼう》の持ち主だ。くっきりとした堂々たる灰色の目、短く刈りこんだ強《こわ》い灰色の口ひげ、四角く張りだした顎《あご》、余裕をたたえた口元。彼は私たち四人をしげしげと眺めてから、なんとも意外なことに、私のほうへ近づいてきて一束の書類を差しだした。

「あなたの評判はかねがね耳にしていました」イギリス英語ともアメリカ英語ともつかぬ発音だが、豊かで柔らかな響きの魅力的な声だった。「この面々のなかで歴史家と呼ぶにふさわしいのは、ワトスン先生、あなたでしょう。ですが、これほどの奇談には一度たりとも出合ったことがないはずです。全財産を賭《か》けてもいい。ご自分なりの書き方でけっこうですから、ぜひ本にまとめてください。事実はここに記してあるとおりです。お読みになれば、日の目を見させてやらずにはいられなくなるでしょう。この二日間、わたしは狭苦しい場所に閉じこもっていました。昼間はあの粗末な部屋に射しこむわずかな光を頼りに、ずっとこれを綴《つづ》っていたのです。あなたに、そして世間の方々に託せることをありがたく思います。どうぞお受け取りください、〝恐怖の谷〟の物語を」

「それは過去の物語です、ダグラスさん」ホームズは静かに言った。「先にあなたの現在についてお聞かせ願いたいのですが」

「お聞かせしますとも」ダグラスは答えた。「煙草をやってもかまいませんか？　ああ、どうも、ホームズさん。あなたも愛煙家でいらっしゃいましたね。でしたら、想像がおつきでしょうが、ポケットに煙草があるのに、煙の匂いで居場所が知れるのを恐れて二日間我慢するしかなかったのは本当につらいものです」

マントルピースにもたれ、ダグラスはホームズからもらった葉巻をうまそうに吸った。「あなたの評判もかねがね耳にしていましたよ、ホームズさん。まさかじかにお目にかかるとは夢にも思っていませんでしたが」そのあと私が持っている手記のほうへ顎をしゃくって続けた。「あなたならそれに目を通すまでもなく、どれほど奇妙な内容かおわかりになるでしょう」

この新顔の男を、さっきから啞然《あぜん》としたまま穴のあくほど見つめていたマクドナルド警部が、ようやく声を発した。「なんと、なんと、こりゃたまげた！　あなたがバールストン館のジョン・ダグラスさんなら、われわれがこの二日間調べていたのはいったい誰の死体なんです？　それから、あなたは一体全体どこから出てきたんです？　唐突に現われたので、床がびっくり箱になっているのかと思いましたよ」

「いいかい、きみね」ホームズはたしなめるように警部に向かって人差し指を振り立てた。「せっかく気の利いた地元の小冊子があるのに見向きもしないから、そういうはめになるんだ。読んでいれば、この館《やかた》にチャールズ王が潜伏していたという史実に行きあたったものを。あの時代の人間はよほど好都合な場所でない限り、隠れ家に使わなかった。当時役立ったのなら、いまも役立つはずだ。そこが再び使われてもなんら不思議はない。よって、ダグラスさんは館の内部にいるはずだと僕は結論づけた」

「ホームズさん、いつからわれわれをだましていたんですか？」マクドナルド警部は怒気を含んだ声で言う。「われわれが無駄なことをやっていると知りながら、ずっと見て見ぬふりをしていたんでしょう」

「誤解だよ、マック君。僕だって昨晩ようやく自分の考えがまとまったんだ。しかも、それを立証するには今夜まで待たなければならなかった。きみたちに昼間はどこかへ出かけてのんびり羽を伸ばすよう勧めたのはそういうわけさ。それ以上どうにもできないだろう？

濠《ほり》から衣類一式が見つかったと同時に、書斎の死体がダグラス氏ではなくタンブリッジ・ウェルズから来た自転車の男であることは決定的になった。ほかの可能性が入りこむ余地などない。では、死んだと思われていたジョン・ダグラス氏はいったいどこにいるのか。さまざまな条件を考慮した結果、浮かびあがったのは次のような目論《もくろ》みだ。妻と友人の協力を得て、歴史が示すとおり逃亡者にとって安全なこの館の隠れ場所に潜伏し、ほとぼりが冷めた頃を見計らって脱出、永久に姿をくらます」

「おおよそあなたの見込みどおりです」ダグラス氏は殊勝な態度で認めた。「イギリスで裁かれるのをかわそうと考えました。この国の法にまったく不案内でしたし、猟犬どもの追跡を完全に振りきる絶好の機会だと思ったからです。言っておきますが、わたしはなにも恥ずべきことはしていません。後悔するような行為には一度も手を染めていないと誓えます。それを信じるかどうかはあなたの自由ですが、結論を出す前にわたしの話を聞いてください。いえ、警部さん、権利を読みあげていただく必要はありません。自分にとって不利になろうとなるまいと、ありのままの真実をお話しするつもりです」

ダグラス氏は続けた。「事の発端には触れません。そこにすべて書いておきましたので」私の手もとにある文書を指して、そう前置きした。「恐ろしく奇妙な物語だと驚かれることでしょう。早い話が、さる理由からわたしを憎んでいて、わたしを消すためならいかなる犠牲もいとわない連中がいるのです。やつらが生きている限り、わたしにとってこの世に安泰な場所などありません。シカゴからカリフォルニアへ逃げても追っ手につきまとわれ、行き場を失ったわたしはアメリカを離れざるをえませんでした。それでも、イギリスへ移ってきたあとは結婚してのどかな田舎に居を定め、この地なら平穏に人生を全うできそうだと胸を撫《な》でおろしたものです。

こうした事情は妻には伏せておきました。わざわざ巻きこむ気にはならなかったからです。聞かされれば、片時も気が休まりますまい。不安の影に絶えずおびえながら暮らさねばなりません。わたしが時折うっかり漏らす言葉からなんとなく感じ取ってはいても、昨日あなた方に会うまではそれほどの危険とは思いもしなかったはずです。妻は警察に話した以上のことは知りませんでした。ここにいるバーカーも同じです。事件の晩は、事情を細かく説明している暇などありませんでしたので。結局、妻は真実を知ってしまったわけですし、本当はもっと早く打ち明けるべきだったんでしょう。それなのに、どうしてもふんぎりがつかなかった」ダグラスは妻の手を取った。「わかっておくれ」

そのあと私たちのほうへ向き直って言った。「皆さん、続きを聞いていただきましょう。事件の前日、わたしはタンブリッジ・ウェルズへ出かけて、通りである男を見かけました。ほんのちらっとでしたが、この件に関しては目ざとくなっていたので、誰なのかはっきりわかりました。わたしを憎んでいる連中のうちでも最も凶悪な人物です。これまで何年にもわたって、飢えた狼のごとくわたしを追いかけまわしてきました。よくないことが起こるのは火を見るよりも明らかです。わたしは帰宅して、敵を迎え撃つ準備をしました。わたしの強運ぶりは一八七六年（アメリカ陸軍と北米先住民とのあいだで俗に言う「リトルビッグホーンの戦い」が起きた）のアメリカで語り草になっていたほどでしたから、自力で倒せるだろうと思っていたのです。昔と変わらず、いまもツキに恵まれていると信じきっていました。

翌日は用心のため館にこもって、庭にさえ出ませんでした。命拾いしたのはそのおかげです。もし出ていたら、身構える間もなく敵の散弾銃でしとめられていたでしょう。橋を上げたあとは――いつも夕方になって橋を上げるとほっとしていました――危険は去ったと思いました。まさか例の男が館に忍びこんで待ち伏せていようとは想像だにせず、その晩もいつもの習慣でドレッシング・ガウンをはおって部屋の見回りを始めたのです。そうしたら、書斎に一歩入ったとたん危険の匂いがするではありませんか。人は危ない目に何度も遭うと――わたしがそのいい例ですが――危険信号を発してくれる第六感が備わるんでしょう。とにかく、心当たりはなくても危険だとわかりました。次の瞬間見えたのは、窓のカーテンの下から片方だけのぞいている深靴。それが危険の正体だったのです。

わたしの手には蠟燭《ろうそく》一本しかありませんでしたが、開いたドアから玄関ホールのランプの光が入っていたので、明るさは充分でした。わたしが蠟燭を置いて、マントルピースの上に置きっぱなしだった金槌《かなづち》をつかむと同時に、男が飛びかかってきました。ナイフがきらりと光りました。こちらも金槌を思い切り振り下ろすと、どこかに当たったらしく、ナイフが音をたてて床に落ちました。敵はウナギ顔負けにするりと身をかわし、テーブルを回りこんでコートの下から銃を抜きました。すかさず撃鉄を起こす音が聞こえましたが、わたしは相手が発砲する前に銃身をつかみ、そのまま一、二分激しくもみ合いました。どちらも手を離せば死へまっしぐらです。

男はきつく握って銃を離すまいとしていましたが、台尻《だいじり》を下げっぱなしだったのが命取りになりました。わたしの手が引き金にかかったのか、奪い合いで揺さぶられた衝撃のせいなのか、突然弾が発射されたのです。二発とも男の顔面を直撃しました。気がつけば、無残な死体と化したテッド・ボールドウィンが床に転がっていました。そいつだということは、前日に町で見かけたときも、書斎で飛びかかってきたときも一目でわかりましたが、床の上の死体はたとえ母親でも息子だとわからなかったでしょう。荒仕事には慣れっこのわたしでさえ吐き気を催したほど、ひどいありさまでした。

ふらついてテーブルにしがみついていると、バーカーが二階から駆け下りてきました。妻の足音も聞こえたので、止めなくてはと急いでドアへ行きました。あんな光景を女性に見せるわけにはいきません。すぐに行くからと約束して、なかには入れませんでした。そのあとバーカーに短く状況を伝え——彼は室内を一目見てなにもかも察してくれました——使用人たちが集まってくるのを待ちました。ところが、一向に誰も来ません。銃声が聞こえなかったのでしょう。そこで初めて、書斎の出来事を知っているのは自分たち二人だけなのだと気づきました。

名案が浮かんだのはそのときです。自分でもびっくりするくらいすばらしい思いつきでした。死体の袖《そで》はめくれて前腕がむきだしになり、秘密結社の支部の焼き印がのぞいていました——これです！」

正真正銘のダグラス氏と判明した男は、そう言って私たちの前でジャケットとシャツの袖をまくり、円の内側に三角形を描いた茶色いしるしを見せた。死体にあったものと同じ図形だ。

「ひらめきのきっかけはこのしるしです。見た瞬間、道がぱっと開けた気がしました。死体の男は背恰好も髪の色もわたしとそっくりで、そのうえ顔は誰だか見分けがつかない状態です。なんとも哀れな！　わたしはバーカーと一緒に十五分ほどかかって死体を着替えさせました。服を脱がせ、わたしの部屋から持ってきたスーツと、そのときわたしがはおっていたドレッシング・ガウンを着せると、床にもう一度転がしておいたのです。脱がせた服はひとまとめにして紐《ひも》で縛り、手近にあった物で唯一重しになりそうなダンベルをつけて窓の外へ放りました。テッド・ボールドウィンがわたしの死体に添えるつもりだった紙切れは、やつの死体に添えておきました。

わたしの指輪もやつの指にはめていったのですが、自分の指から結婚指輪を抜こうとしたとき――」ダグラス氏は筋肉の発達した力強い手を広げて見せた。「おわかりいただけるでしょうが、行き詰まってしまいました。結婚した日からずっとはめたままだったので、やすりで切断でもしなければはずせない状態でした。気持ちの面で手放せたとは思えませんが、手放そうにもはずせないのですからどうしようもありません。成り行きに任せるしかないとあきらめ、別の細工に取りかかりました。絆創膏《ばんそうこう》を一枚用意して、いまわたしが貼っているのと同じところに貼っておいたのです。ホームズさん、あなたほど利口な方がそれを見逃すとは意外でしたよ。もし不審に思って死体の絆創膏をはがしていたら、その下に傷などないことを確認できたでしょうに。

あの晩に起きたことはいまお話ししたとおりです。しばらくは身を潜め、機を見てここから脱出し、〝夫を亡くした〟妻とどこかで落ち合うつもりでした。そうすれば、夫婦そろってようやく平穏に暮らせると考えていました。あの悪魔の集団はわたしが死ぬまで追いかけてくるでしょうから、ボールドウィンのやつがわたしを殺したと新聞で報じられ、それを読んだ連中が復讐《ふくしゅう》は終わったと思いこめば、わたしはもう脅威にさらされずに済みます。バーカーと妻には詳しく説明する暇がなかったのですが、二人とも事態をおおむね察して、すぐに協力してくれました。隠れ場所の存在はわたしのほかにエイムズも知っていましたが、事件と結びつけて考えたりはしないはずです。わたしは後始末をバーカーに任せ、隠れ場所に引っこみました。

バーカーがどうしたかはもうすべて看破なさっているでしょう。書斎の窓を開け、殺人犯はそこから逃げたと思わせるため窓枠に血の跡をつけました。かなり強引な方法ですが、橋が上がっていたので、ほかに手立てはなかったのです。用意が整うと、意を決して呼び鈴を鳴らしました。それから先はご存じのとおりです。あとは皆さんのご判断にゆだねますが、わたしがお話ししたことはすべて嘘偽りのない真実です。神に誓って、本当です！　そこでうかがいます。イギリスの法律では、わたしはどのような扱いを受けるのでしょうか？」

沈黙が下りたあと、最初に口を開いたのはホームズだった。

「ダグラスさん、イギリスの法律は概して公正です。相応の報いより重い刑に処せられることはないでしょう。今度は僕のほうからお尋ねしますが、例の男はあなたが住んでいる場所をどこでつかんだと思いますか？　どうやってここへ忍びこみ、待ち伏せにおあつらえむきの部屋まで見つけたんでしょう？」

「見当もつきません」

ホームズはひどく青ざめ、深刻な面持ちになった。「どうやら、まだ一件落着とはいかないようです。あなたは依然として、イギリスの法律よりも、下手をするとアメリカから追いかけてくる敵よりも大きな危険に見舞われる恐れがあります。よくないことがあなたの身に迫っている気がしてなりません。ダグラスさん、どうか油断せず、引き続き用心してください」

さて、辛抱強い読者諸賢にひとつご容赦願って、しばしのあいだ物語の舞台をサセックス州にあるバールストン館から遠いところへ移したい。それに伴って時間も巻き戻し、ジョン・ダグラスなる人物の不思議な告白でいったん幕が下りた波乱ずくめの事件よりだいぶ過去へさかのぼらねばならない。距離にして西へ数千マイル、歳月にして約二十年、飛び越えることになる。その場所と時代を背景に起きた、世にも恐ろしい異様な話をこれからお伝えするわけだが、本当にあった出来事とは誰も信じられないほど奇怪千万な内容であることをあらかじめお断りしておく。

決して、ひとつの話を完結させないまま別の話を割りこませるわけではない。お読みになれば、きっと納得していただけるはずだ。私が遠い時空の出来事を細かに語り終え、諸兄姉が過去の謎を解明できたあとに、いつものベイカー街の部屋へ再びお集まり願おう。そのとき、これまでに発表してきた数々の驚くべき事件と同様、今回の事件も大団円を迎えることになるのだ。

第二部　スコウラーズ

第一章　その男

　時は一八七五年二月四日、この地は厳しい冬を迎え、ギルマートン連山の峡谷は深い雪に覆われていた。それでも、蒸気除雪車のおかげで鉄道は動いており、炭鉱の町や製鉄所の集落を結ぶ夕刻の汽車が急勾配《こうばい》を大儀そうに登っていく。麓《ふもと》の平原にあるスタッグヴィルを発車して、ヴァーミッサ谷の奥に開墾された中心地の町、ヴァーミッサへと向かう列車だ。

　やがて急な上り勾配は下り勾配に変わった。バートンズ・クロッシングのあとはヘルムデールを通って、純然たる農業地帯のマートンへ続いていく。単線の鉄道だが、多数の側線が延びている。その一本ごとに石炭や鉄鉱石を積んだ無蓋《むがい》貨車が長い列を作り、地中に莫大《ばくだい》な富が埋蔵されていることをうかがわせる。豊かな天然資源こそが、アメリカ合衆国でもとりわけ辺鄙《へんぴ》な当地に大勢の荒くれ男を引き寄せ、好景気のにぎわいをもたらす立役者となったのだった。

それにしても、地上のなんと殺風景なこと！　最初に通りかかった開拓者は知る由もなかったろうが、ごつごつした黒い岩山と暗い森に囲まれたこの陰気な谷間に実は千金の値打ちがあり、ここに比べれば、光り輝く大草原や青々と茂る牧草地など無価値も同然なのだ。

谷の両側はほとんど見通しの利かないうっそうとした森に覆われていた。雪景色のなか、森の上には頂上に草木のない山々や切り立った岩崖《がんがい》がそそり立ち、谷は麓のあいだを縫って蛇行しながら続いている。小さな汽車は谷の奥を目指し、這《は》うようにのろのろと走っていく。

先頭車両の長い粗末な客車では、ちょうど石油ランプがともされたところだった。座席には乗客が二、三十人ばかりいる。ほとんどは谷の下方の低地で一日働いて、ようやくきつい仕事から解放された者たちだった。そのうち少なくとも十人くらいは顔が黒く汚れ、作業灯を持っているので、炭鉱労働者だとわかる。彼らは仲間同士固まって煙草をふかし、小声で話しながら、反対側の席の二人をちらちら見ている。制服とバッジから、二人とも明らかに警察官だ。

ほかには労働者階級の女性数人と、地方の商店主といった風情の旅の男が二人、それから隅っこにぽつんと離れて座っている若い男がいた。では、この若者に注目しよう。理由は注目に値する人物だからにほかならない。

中肉中背で、顔の色つやがよく、歳はまだ三十を出たばかりだろう。眼鏡の奥で茶目っ気のある鋭い大きな灰色の目を輝かせ、まわりの乗客を時たま興味津々に眺めていた。ぱっと見た感じでは、人懐こくて誰とでも親しくなれそうな気取らない性格の持ち主のようだ。機知に富んだ話術と快活な笑顔で相手の心をつかむ、根っからの社交家で大の話し好きという印象を受ける。だが、もう少し時間をかけて観察すれば、くっきりとした力強い顎《あご》や引き締まった険しい口元から、内面は案外複雑ではないかと感じるにちがいない。この褐色の髪の朗らかなアイルランド青年は、どこでどんな人々と交わっても、善かれ悪しかれ深い痕跡《こんせき》を残しそうだと警戒心を抱く者もいるだろう。

若者はさっき一番近くにいる炭鉱労働者に軽く話しかけたが、ぶっきらぼうに一言返されておしまいだったので、性に合わない沈黙を道連れにすることにしたようだ。窓の向こうの薄れゆく景色をつまらなそうに見つめている。

確かに、気晴らしになるような眺めではない。夕闇が深まるなか、山腹の溶鉱炉で紅蓮《ぐれん》の火が脈打つように躍っている。その両側には鉱滓《こうさい》や石炭の燃え殻の巨大なボタ山と、それよりもっと高くそびえる堅坑の櫓《やぐら》。谷沿いに散らばるみすぼらしい木造家屋に明かりがともり始め、窓が四角い光となって浮かびあがる。このあたりは停車場が多く、汽車は頻繁に停まったが、どこも真っ黒になった労働者たちで混雑していた。

ここヴァーミッサ地方の鉄と石炭の谷は、有閑階級や教養人が遊びに来るような観光地ではない。熾烈《しれつ》な生存競争が絶え間なく繰り広げられる厳しい現実、重労働、そしてそれに堪えうる屈強で荒っぽい男たちの世界なのだ。

寂寞とした風景が逆に目新しかったのか、窓の外を見つめる若い旅人は嫌悪感と好奇心が入り交じった表情を浮かべた。先刻より時折ポケットから分厚い手紙を取りだしては、余白になにか走り書きしていたが、やがて今度は腰の後ろから、おっとりした雰囲気にはおよそ似つかわしくない物を抜いた。かなり大型の海軍用回転式拳銃《リヴォルヴァー》だった。明かりに斜めにかざした瞬間、円筒形の弾倉の内部で銅の薬莢《やっきょう》がきらっと光り、薬室すべてに弾が装塡《そうてん》されているのがわかった。若者は銃をすばやく隠しポケットにしまったが、隣の座席の労働者が目ざとく見つけた。

「よう、兄弟！　ハジキで武装とは用意のいいこった」

若者はさも決まり悪そうに笑った。

「そりゃどうも。こういうものがたまに必要な場所に住んでたからね」

「へえ、どこだい？」

「シカゴだよ」

「このへんは初めてか？」

「まあね」

「ここでもそいつは必要になるだろうよ」

「えっ、本当かい？」若者は意外そうな顔をした。

「この土地の事情はなにも聞いてねえようだな」

「変わったことはなにも」

「おいおい、変わったことだらけなんだがな。じきにわかるさ。それはそうと、なんでまたここへ？」

「働く意欲さえあれば必ず仕事にありつけると聞いたんだ」

「労働組合には入ってるか？」

「入ってるとも」

「だったら仕事は見つかるよ。こっちに友達は？」

「まだいないが、すぐに作れるさ。伝《つて》があるから」

「ほう、どんな？」

「〝自由民団〟に入ってるんだ。どの町にも支部があるから、そこへ行けば友達は見つかる」

その言葉はまるで呪文《じゅもん》のごとく、相手の男に奇妙な効果を発揮した。突然警戒した目つきで車内をさっと見回したのだ。炭鉱労働者たちは相変わらずひとかたまりになって、ひそひそ話をしている。二人の警官はうたた寝中だ。男は若者のそばに席を移すと、手を差しだした。

「よろしくな」

両者は握手を交わした。

「疑ってるわけじゃないが、一応確かめとく」労働者はそう言って右手を右の眉《まゆ》にあてた。若い旅人もすぐに左手を左の眉へ持っていく。

「暗い晩はいやなものだ」

「然《しか》り、よそから来た旅人には」若者が応じる。

「よし、上出来だ。おれはヴァーミッサ谷三四一支部のスキャンラン。歓迎するぜ」

「どうも。おれはシカゴ二九支部に所属するジャック・マクマード。支部長《ボディマスター》はJ・H・スコットだ。着いてすぐ同志に会えるとは、ついてるよ」

「なに、このへんには大勢いるからな。アメリカのどこを探したって、ヴァーミッサ谷ほど支部が栄えてる土地はないだろう。けどな、おまえみたいな若者が来てくれると大助かりだ。そんだけ活《い》きがよくて、労働組合にも入ってるのに、どうしてシカゴで職にあぶれるのか不思議だよ」

「働き口なら、よりどりみどりだった」マクマードが言う。

「じゃあ、なぜシカゴを離れた？」

マクマードは警官たちのほうを顎でしゃくって、にやりとした。「あいつらが聞いたら喜ぶぞ」

スキャンランが得心した顔でうめくと、声をひそめて訊《き》いた。「ひと悶着《もんちゃく》起こしたのか？」

「ああ、派手にな」

「つかまれば刑務所行きか？」

「それだけじゃ済まない」

「まさか、殺しじゃないだろうな！」

「おっと、いきなりこういう話はまずいぜ」マクマードはしゃべりすぎたとばかりに慌てて口をつぐんだ。「よんどころない事情があってシカゴを離れた、とだけ答えりゃ充分だろう？　あんた、なんだってそんなふうに根掘り葉掘り訊くんだ？」眼鏡の奥で灰色の目がにわかに物騒な光を放った。

「わかった、わかった。怒らせるつもりはなかったんだ。なにをやらかしたんだろうと、おれたち仲間は誰も悪く言いやしねえ。で、今夜の行き先は？」

「ヴァーミッサ」

「だったら三つ先だ。泊まる場所のあてはあるのか？」

マクマードは封筒を取りだし、ぼんやりした石油ランプの明かりに近づけた。「これが住所だ。シェリダン通りのジェイコブ・シャフター。シカゴの知り合いに勧められた下宿さ」

「へえ、初めて聞くぜ。ヴァーミッサはおれの縄張りじゃねえから、知らないだけかもな。おれが住んでるのはホブスンズ・パッチ、ちょうど次の停車場だ。別れる前にひとつ助言しとこう。ヴァーミッサで困ったことがあったら、すぐにユニオン・ハウスへ行ってマギンティ親分に会え。ヴァーミッサの支部長だ。この土地じゃ、〝ブラック・ジャック〟・マギンティがうんと言わねえ限り、誰も勝手なまねはできねえ。じゃあな、兄弟！　そのうち支部でな。さっき言ったこと覚えとけよ。困ったときはマギンティ親分に相談。いいな？」

スキャンランが降りていくと、マクマードは再び考えにふけった。外はすでにすっかり暗くなっていた。稼働し続ける何基もの溶鉱炉が轟音《ごうおん》を響かせながら、絶え間なく炎を噴きあげている。そのどぎつい赤を背景に黒く浮かびあがるのは作業員たちの人影だ。巻き揚げ機のガチャン、ゴーッという果てしない音のリズムと連動して、身体を曲げたり伸ばしたり、ひねったり回したりしている。

「地獄の眺めもあんなふうかもしれんな」誰かの声が聞こえた。

マクマードが振り返ると、警察官の一人が座ったまま身体の向きを変え、窓越しに真っ赤な炎がひらめく荒地を見つめていた。

「ああ、ちがいない」連れの警察官が言った。「あそこはまさに地獄だよ。おれたちが見てきた以上に恐ろしい悪魔がいるなら、会ってみたいくらいだ。よう、そこの若者、ここは初めてなんだろう?」

「だったらどうなんだ?」マクマードはぶっきらぼうに答えた。

「ちょっと忠告しておこうと思っただけだ。友人選びは慎重にしたほうがいいぞ。わたしだったら、マイク・スキャンランやあいつの仲間とはつきあわないでおくがな」

「誰とつきあおうが、おれの勝手だろう? 大きなお世話だ!」マクマードが大声を出したので、車内の全員が一斉に振り向き、口論の目撃者となった。

「おれがいつ忠告を頼んだ? あんた、おれのことを乳離れしてない間抜けなガキだとでも思ってるのか?」マクマードはなおも食ってかかる。「話しかけられるまで、その口は閉じておくんだな。ただし、おれに話しかけてもらうには、うんと長いあいだ待たなけりゃいけないぜ!」警官たちに向かって顔をぐいっと突きだした姿は、牙《きば》をむいてうなりながら威嚇する猛犬そっくりだった。

真面目で気立てのいい警官たちは、親切のつもりの忠告がまさかこれほど激しく拒絶されるとは思わなかったので、唖然《あぜん》とした。

「そうかっかしなさんな」警官の一人がなだめにかかる。「見たところ新顔のようだから、あんたのためを思って注意してやったまでだ」

「この土地では新顔でも、あんたら仲間にとっちゃ新顔じゃないぜ!」マクマードは憤怒《ふんぬ》をむきだしにした。「まったく、あんたらはどこへ行っても同じだな。頼まれもしないのによけいな口出しばかりしやがる」

「近いうちにその顔をいやってほど拝むことになりそうだぞ」警官がにやりとして言った。「堅気の人間ではなさそうだから」

「同感だ」もう一人の警官も言う。「再会が楽しみだな」

「いい気になるなよ。おまえらのことなんか誰が怖がるか！」マクマードは啖呵《たんか》を切った。「おれの名前はジャック・マクマードだ――よく覚えとけ。用があるなら、ジェイコブ・シャフターの下宿を訪ねてくるがいい。ヴァーミッサのシェリダン通りだ。おれは逃げも隠れもしない。昼だろうと夜だろうと、いつでも会ってやるから、ふざけた勘違いはよすんだな！」

鼻っ柱の強い新来者に対して、鉱員たちからさも感心したような称賛のつぶやきが漏れた。二人の警官は肩をすくめ、自分たちだけの会話に戻った。

間もなく汽車は薄暗い停車場に到着し、そこで乗客のほとんどが降りた。ヴァーミッサは沿線で飛び抜けて大きな町なのだ。マクマードが革の旅行鞄《かばん》を提げて暗がりを歩きだそうとしたとき、一人の鉱員が話しかけてきた。

「よう、あんちゃん！　おまわりのあしらい方は、ああでないとな」恐れ入ったとばかりの口調だ。「まったくたいしたもんだ。こっちも胸がすっとしたぜ。ほれ、鞄をよこしな。シャフターの家まで案内してやるよ。うちのあばら家への帰り道だから」

　プラットホームを進むあいだも、ほかの労働者たちが代わる代わる〝じゃあな、おやすみ〟と親しみのこもった言葉をかけてきた。無頼漢のマクマードはヴァーミッサに足を踏み入れないうちから、ちょっとした地元の名物男になっていた。

　地獄さながらのこの谷で、中心地であるヴァーミッサの町はとりわけ陰々滅々としていた。長い谷の下方で見た異様に大きな炎や空に覆いかぶさる煙もかなり気の滅入《めい》る光景だったが、少なからぬ威厳を放っていた。巨大な穴の横にできたボタ山は、強《きょう》靭《じん》な者たちが刻苦精励の証《あかし》としてこつこつと築きあげた記念碑ともいえよう。それにひきかえ、町はみすぼらしさとみじめさで塗り固められた最悪の状態だった。大通りに積もった雪は行き交う馬車に踏まれて泥まみれになり、ぐちゃぐちゃのわだちができている。歩道は狭いうえにでこぼこだ。街灯は充分にあるものの、ガスランプの光が照らしだすのは長い列をなす汚らしい木造家屋だけ。どれも通りに面したベランダがついているが、ろくに手入れもされず荒れるにまかせてある。

　それでも町の中心部にさしかかると、赤々と灯《ひ》のともった商店が建ち並んで、明るくにぎわっていた。酒場や賭博《とばく》場が軒を連ねる一角もある。炭鉱で働く羽振りのいい者たちは、苦労して稼いだ金をこうした店に落としていくのだろう。

「あれはユニオン・ハウスといってな」案内の男がホテルと見まがうほど立派な酒場

を指した。「ジャック・マギンティが仕切ってる」

「どんな男だい？」マクマードは尋ねた。

「おいおい、なんにも知らないのか？」

「当たり前だ。初めてここへ来たのに、知ってるわけないだろう」

「マギンティ親分の名前はそこらじゅうに知れ渡ってると思ってたがな。新聞にしょっちゅう載ってるから」

「どんなときに？」

「それはだな――」連れの男が声をひそめる。「事件が起こったときだよ」

「事件というと？」

「へえ、驚いた！　おまえさんも変わってるねえ。この土地の事件といったら、スコウラーズがらみに決まってんだろうが」

「スコウラーズか。そういえば、シカゴにいたとき新聞で読んだ覚えがあるな。要するに人殺し集団だろう？」

「しっ！　気をつけろ！」男はぎょっとして立ち止まり、マクマードをまじまじと見つめた。「いいか、人目のある場所でそれを口にしたら、長くは生きられんぞ。これまでも大勢のやつらがちょっとしたはずみで命を落としてきたんだからな」

「待てよ、その集団のことはなにも知らない。記事にそう書いてあっただけさ」

「おまえさんの読んだ記事が嘘っぱちだと言ってるんじゃない」男はびくびくした様子であたりを見回し、危険が潜んではいないかと暗がりに目を凝らした。「命を奪うことが殺人なら、ここでどれだけ起きたかおれには見当もつかんが、その話題にジャック・マギンティの名前を引き合いに出すのだけはやめておけ。こっそりしゃべってるつもりでも、どこで誰が聞いてるかわからんぞ。必ず本人の耳に入ると思ったほうがいい。さあ、着いた。通りから引っこんだところに家が建ってるだろう？　あれがおまえさんの目的地だ。ジェイコブ・シャフターのおやじはこの町の住人にしちゃなかなかの正直者だから、安心しな」

「助かったよ、世話になった」マクマードは新しい知り合いと握手して別れ、旅行鞄を手にゆっくりと歩きだした。小道をたどって下宿の玄関まで来ると、ドアを大きな音でノックした。

すぐにドアが開き、まるで予想外の人物が現われた。なんと、若い女性であるばかりか、とびきりの器量よしだ。ドイツ系とおぼしき色白の肌と金髪が吸いこまれそうな黒い瞳《ひとみ》を際立たせている。見知らぬ男にまっすぐ向けられたその瞳に驚きと恥じらいの色が浮かび、頰にさっと赤みが差した。明るい光を背に開いた戸口に立つ姿は、マクマードがこれまで見たどんな絵画よりも美しかった。みすぼらしい陰気な町で燦《さん》然《ぜん》と輝き、別世界の人間かと思うほど魅力的だ。車窓から眺めたどす黒いボタ山に一輪の可憐《かれん》な菫《すみれ》が咲いていたとしても、これほどには感動しないだろう。マクマードが心を奪われて口もきけずに突っ立っていると、相手が沈黙を破った。

「てっきり父かと思いまして」ドイツ訛《なまり》がかすかに交じる感じのいい話し方だった。「父を訪ねていらしたんでしょう？　町へ出かけていますけれど、そろそろ帰ってくる頃ですわ」

マクマードが思わず見とれていると、娘ははにかんでうつむいた。

「いいんだ、お嬢さん」マクマードはやっと口がきけた。「急ぎの用ではないから。一応言っとくと、知り合いにこの下宿を勧められてね。たぶんおれ好みだろうと思ってたが、来てみてここしかないとわかったよ」

「お決めになるのが早いのね」娘の顔から笑みがこぼれる。

「目ん玉がちゃんとくっついてるやつなら、迷うわけないさ」

マクマードのお世辞に娘は声をたてて笑った。

「どうぞ、お入りになって。わたしはエティ。シャフターの娘です。亡くなった母に代わって、家を切り盛りしています。居間へご案内しますので、ストーブのそばでお待ちくださいな。父はもうじき――あら、帰ってきましたわ！　これですぐに話ができますわね」

太った初老の男が玄関への小道を重たげな足取りで歩いてきた。マクマードは事情を手短に伝えた。シカゴでマーフィーという男にこの下宿を勧められたと説明し、マーフィーも誰か別の者からここを聞いたそうだとつけ加えた。シャフター老人は新しい下宿人を歓迎した。よそ者の男のほうも出された条件すべてに一も二もなく同意した。どうやら金には不自由していないらしい。部屋代とまかない費込みの週七ドルを前払いで、という取り決めだった。

かくして、法からの逃亡者を任じるマクマードはシャフター家に下宿することになったが、それはすなわち、はるか遠い地で結末が待っている邪悪なひとつながりの事件へ続く第一歩にほかならなかった。

第二章　支部長

マクマードは必ず頭角を現わす男だった。どこで暮らそうが、まわりの者たちから一目置かれるようになるまでそう時間はかからない。シャフターの下宿でも、一週間が経つ頃には人一倍存在感を放っていた。

下宿人は十人ばかりいたが、まじめ一方の現場監督やおとなしい店員ばかりで、度量の大きさではこのアイルランド青年の足もとにも及ばなかった。夕べに皆が集まるときなどは、マクマードの言う冗談が一番受け、話もめっぽう面白く、おまけに歌声も天下一品ときている。周囲の人々を自然と楽しい気分にさせる不思議な魅力を持った、根っからの人気者だった。

しかしながら、汽車のなかで見せたとおり、突然頭に血がのぼることもしょっちゅうで、彼がかっとなると相手は畏怖《いふ》の念ばかりか恐怖心まで抱くことがあった。法とその関係者全員を敵意むきだしで蔑《さげす》む態度も、下宿人仲間のあいだではそれを痛快に感じる者と警戒する者とに分かれた。

楚々《そそ》とした美しい下宿の娘に一目惚《ぼ》れして、すっかり夢中になったマクマードは、初めから自らの思いを賛美の言葉に乗せて娘にせっせと運んだ。こういうことにも尻《しり》込《ご》みする男ではない。二日目には愛を告白し、相手のつれない返事をものともせず、それからも求愛し続けた。

「ほかの男がいる?」マクマードは娘がやんわりと断るたび言った。「じゃあ、その誰かさんはよっぽど運が悪いんだろうよ！　気の毒だが、そいつには別の相手を探してもらうしかないな。このおれがほかの男に遠慮して、一生に一度の真剣な願いをあきらめると思うかい？　いいとも、エティ、気が済むまで首を振ってくれてかまわないさ。だが、うんと言う日が絶対に来る。おれは若い、待つことができるんだ（アイルランドの政治指導者チャールズ・スチュワート・パーネル一八四六―九一の言葉）」

アイルランド仕込みの巧みな話術を持ち合わせた、おだて上手なマクマードは、無敵の求愛者だった。彼からあふれでる経験豊かで謎めいた魅力に女性は興味をそそられ、しまいには恋に落ちてしまう。故郷モナハン（現在はアイルランド共和国北東部に位置するアルスター地方の州）の美しい渓谷と遠くに望む小島、なだらかな丘、緑したたる牧草地。こうした風景を彼に語らせれば、煤《すす》と雪の町にいて想像するだけにいっそう鮮やかな世界に感じられた。

彼はまた、北部のいくつかの町やデトロイト、ミシガン州の採木場の事情に詳しかった。つい最近まではシカゴの材木工場に勤めていたから、都会の生活も知っていた。その大都市での体験談は途中から謎めいた香りを漂わせたが、かなり個人的な話であるばかりか、特別に変わった出来事だったらしく、彼は多くを語ろうとしなかった。古い絆《きずな》を断って急にシカゴを離れ、知らない世界へ飛び立ち、最後は荒涼としたこの谷間に行き着いたのだとわびしげに明かしただけである。こうした彼の身の上話に耳を傾けるとき、エティは黒い瞳に哀れみと思いやりの光をたたえていた――それら二つの感情は急速に、そしてごく自然に恋愛感情に変わりうるものだった。

マクマードは学があったので、臨時雇いの簿記係として働き始めた。そうなると自由になる時間がほとんどないため、自由民団の支部長のところへ挨拶《あいさつ》に行きそびれているうちに日々が過ぎていった。彼が自分の手抜かりを思い起こすきっかけとなったのは、ある晩ひょっこり訪ねてきたマイク・スキャンランだった。最初の日に汽車で会った団員仲間である。スキャンランは小柄で黒い目の、顔立ちが険しい神経質そうな男だが、再会を喜んでいる様子だった。ウイスキーを一、二杯やったあとに用件を切りだした。

「あのなあ、マクマード、この下宿に世話になるって話を覚えてたから、図々《ずうずう》しく押しかけてきたんだ。おまえさんが支部長にまだ居所を申しでてないってことに驚いちまってな。おい、どうしてマギンティ親分のところへ挨拶に行かねえんだ？」

「職探しやなにかで、いろいろと忙しかったんでね」

「ほかのことならまだしも、親分のためだってのに時間を作れねえのか？　まったく、あきれたやつだな！　とんでもねえ抜け作だ。ここへ来た翌日に朝一番でユニオン・ハウスへ行って、名前を登録しなきゃいけねえのに！　いいか、もし親分ににらまれでもしたら――縁起でもないが――そんときゃ、一巻の終わりだぜ！」

マクマードは軽く驚いて見せた。「団員になって二年以上経つが、そこまで厳しい決まりはひとつもなかったな」

「シカゴじゃそうなんだろうよ」

「ここのも同じ団体だ」

「どうかな？」

スキャンランは目をそらさず、マクマードをひたと見据えた。なんとも言えぬ不吉な目つきだった。

「ちがうのか？」マクマードが訊《き》く。

「あとひと月もすりゃ、おまえさんのほうがおれに教えてくれるだろうよ。おれが降りたあと、汽車で警官どもとしゃべってたんだってな」

「どうしてそれを？」

「噂になってんだよ。ここじゃあ、いいことも悪いこともすぐに広まる」

「へえ、なるほど。確かに警官としゃべった。おれがあいつらをどう思ってるかはっきり教えてやったのさ」

「そいつはでかした！　きっとマギンティに気に入られるよ」

「彼も警察が嫌いなのか？」

スキャンランはいきなり笑いだした。「とにかくちゃんと挨拶に行ってこい」帰ろうと腰を上げながら続ける。「でないと、警察じゃなくておまえさんがマギンティに嫌われるぞ！　友達の忠告には従うもんだ。早いとこ顔を出しに行きな！」

その晩はたまたま別の人物ともややこしい話し合いになったため、なおさらマギンティのところへ行かざるを得なくなった。マクマードのエティに対する態度がかなり目立つようになったせいか、こういうことには疎い親切な下宿のおやじもようやく事態に気づき、マクマードを私室に呼びつけるなり単刀直入にこう尋ねたのである。

「うちのエティを口説こうとしているように思えるんだが、わしの勘違いかね？」

「いや、お察しのとおりです」若者は答えた。

「だったら、はっきり伝えておこう。そんなことをしても無駄だ。あれにはもう相手がおる」

「エティからそう聞きました」

「娘の言ったことは本当だ。相手の名前は知っておるかね？」

「いいや。訊いても教えてくれないんで」

「そりゃあ無理もない。おまえさんを怖がらせたくなかったんだろう」

「怖がらせるだって！」マクマードはたちまちむきになった。

「ああ、そのとおりだ！　怖がっても恥じることはない。なにしろ、あのテディ・ボールドウィンだからな」

「何者なんです？」

「スコウラーズの幹部だよ」

「スコウラーズ！　またおいでなすった。こっちでスコウラーズ、あっちでスコウラーズ、しかも決まって、こそこそと！　なんでそんなにおびえなきゃならないんです？　スコウラーズってのがいったいどういうやつらなのか教えてください」

その恐ろしい集団のことを話すときに皆がするように、下宿の主人も反射的に声をひそめた。「スコウラーズはな、自由民団なんだよ！」

若者は目を丸くした。「はあ？　おれだってそこの団員ですよ」

「おまえさんが！　そうとわかってれば部屋なんぞ貸さなかった――たとえ週百ドル出すと言われてもな」

「自由民団のどこがいけないんです？　慈善と親睦《しんぼく》を目的とした団体だってのに。規則にそう書いてある」

「よそではそうかもしれんが、ここではちがう！」

「ここではどうだって言うんです？」

「殺人結社にほかならん」

マクマードはおかしな冗談をとばかりに笑い飛ばした。「証拠はあるんですか？」

「証拠だと？　人殺しが五十件も起きてるのにまだ足りんのか？　ミルマンとヴァン・ショーストはどうなった？　ニコルスン一家は？　ハイアムじいさんは？　ジェイムズ家のビリー坊やは？　ほかにも大勢が犠牲になってきた。ふん、なにが証拠だ！　この谷で実態を知らん者がいるなら、連れてきてみろ！」

「なあ、ちょっと！」マクマードは真剣な口調だった。「いまの発言を取り消すか、順序立てて説明するかのどっちかにしてもらいたいね。おやじさんがそうするまで、この部屋からは出ていかない。おれの身にもなってくれ。知らない町へ一人きりで来たんだぜ。自分が属してるのはまっとうな結社だと信じてきたし、アメリカじゅう至るところにあるが、どこも悪さなんかしてやしない。だから、ここでもその結社に入るつもりでいたってのに、おやじさんはそれがスコウラーズとかいう殺人結社だと言いだした。間違いだったと謝るか詳しく説明するか、二つにひとつだ、シャフターさん」

「わしが教えてやれるのは世間のみんなが知ってることだけだ。二つの組織があって、同じやつらがどっちも牛耳ってる。つまり片方を怒らせりゃ、もう片方からこっぴどい目に遭わされるってことだ。実際にそういう例を数えきれないほど見てきた」

「ただの噂じゃないか！　証拠がどこにあるんだ！」

「しばらくここで暮らしてりゃ、証拠なんぞいくらでも目にする。ああ、そうか、おまえさんも団員だったな。じゃあ、じきにほかのやつらみたいな悪党になるだろうよ。とにかく、別の下宿を探してくれ。うちはお断りだ。ただでさえ連中の一人がうちに来ちゃあエティに言い寄るから、気にさわってしょうがないんだ。下宿人にまで同類がいたら神経がまいっちまう。いいか、おまえさんがここにいられるのは今晩が最後だ。明日《あした》には出てってもらう！」

こうしてマクマードは快適な住まいも愛する娘も取りあげられ、流刑を言い渡されたも同然の身となった。その夜、たまたま居間でエティと二人きりになったときに窮状を訴えた。

「おやじさんはおれをここから追いだすと言ってる。ねぐらを失うだけならどうってことない。だけどエティ、知り合ってまだ一週間だが、きみはおれにとってかけがえのない存在なんだ。きみなしではもう生きられない」

「やめて、マクマードさん！　そんなこと言わないで！　はっきり伝えたはずよ。もう遅いって。わたしにはほかに相手がいるの。結婚の約束まではしてないけれど、あの人以外の人と一緒になるわけにはいかないわ」

「エティ、もしおれが先だったら、一緒になる望みはあったのかい？」

娘は両手に顔をうずめた。「あなたが先だったら、どんなによかったでしょう！」

そう言って、しくしく泣きだした。

マクマードはすぐさま彼女の前にひざまずいた。「頼む、エティ、その気持ちを貫いてくれ！　つまらないしがらみで人生が台無しになってもいいのか？　おれの人生だってかかってる。ああ、愛《いと》しい人、心のおもむくままに進んでごらん。なにも知らずに交わした約束なんかより、心が導いてくれる道のほうがうんと確実だ」

マクマードは日に焼けた力強い両手でエティの白い手を握りしめた。

「おれと一緒になって、二人で乗り越えていこう！」

「ここではないところで？」

「いいや、ここで」

「だめ、だめよ、ジャック！」エティはマクマードの腕に抱き寄せられた。「ここではもう暮らせない。どこかへ連れて逃げて」

マクマードの顔に激しい葛藤《かっとう》がよぎったが、すぐに決意のみなぎる表情になった。

「いや、ここだ。エティ、この地できみを守り抜いてみせる！」

「どうしてよその場所ではだめなの？」

「おれはここを離れるわけにはいかないんだ、エティ」

「理由を聞かせて」

「逃げだすようなまねをしたら、二度と胸を張って生きられない。それに、なにをそんなに恐れてるんだい？　おれたちは自由な国の自由な市民だ。愛し合ってるおれたちをいったい誰が引き離せる？」

「あなたはわかってないのよ、ジャック。ここに来てまだ日が浅いから、ボールドウィンがどんな男か知らない。マギンティのことも、彼が率いるスコウラーズのことも」

「ああ、知らないさ。だが恐れるつもりはさらさらないね。どうせたいしたやつらじゃないさ。ねえ、きみ、おれは荒っぽい連中にさんざんもまれてきたが、そいつらを恐れたことは一度もないんだ。それどころか、決まって最後はおれが一番恐れられてたよ。だいたい、理屈に合わないぜ！　おやじさんが言うように、この谷で犯罪が横行してるなら、しかも誰のしわざかみんな知ってるなら、どうして警察にしょっぴかれないんだ？　わけを教えてくれよ、エティ！」

「あの人たちに不利な証言を誰もしたがらないからよ。そんなことをすれば、ひと月と命がもたないわ。たとえ警察に目をつけられた者がいても、その時刻には犯行現場から離れた場所にいたと仲間が嘘の証言をすることになってるの。ジャック、こういうことはあなたも新聞で読んで知ってるんじゃない？　アメリカじゅうの新聞に出てたはずよ」

「うん、確かに読んだ覚えはある。そのときは作り話だと思ったんだ。それにしても、連中がそこまでやるのには、なにかわけがあるんだろう。たとえば、不当な扱いを受けて、やむなく手荒な手段に訴えたとか」

「やめて、ジャック、あなたからそんな言葉は聞きたくない！　あの人と同じじゃないの！」

「ボールドウィンか。やつもこういうことを言ってるんだな？」

「だから嫌いなのよ。ねえ、ジャック、正直に言うわ。わたし、あの人のことがいやでたまらないの。考えるだけで虫酸《むしず》が走るわ。なのに怖くてどうしても逆らえない。自分の身だけならまだしも、父のことを考えると心配で。もし思ってるままを口にしたら、きっとわたしたち親子にとんでもない不幸が降りかかってくる。それで適当に言いつくろって約束を延ばしてきたの。それしか望みをつなぐ道がなかった。だけど、ジャック、あなたがわたしと遠くへ逃げてくれるなら、父も一緒に連れていける。新しい土地であんな悪人たちに苦しめられることなく安心して暮らせるわ」

　またしてもマクマードの顔に内面の葛藤が浮かんだが、今度も決然とした表情に戻った。「きみに危害は加えさせないよ、エティ。おやじさんにもだ。それに、やつらは確かに悪人なんだろうが、蓋《ふた》を開けてみたら、おれのほうがもっとたちが悪かったってことになるかもしれないぜ」

「いいえ、そんなはずないわ、ジャック！　あなたを信じて、どこまでもついて行く」

マクマードは苦笑した。「やれやれ、おれのことをちっともわかってないな！　本当にうぶだね、きみは。おれがいまなにを考えてるかも想像できないだろう？　おや、客が来たぞ」

ドアがいきなり開いて、若い男が我が物顔に威張りくさった態度で入ってきた。年恰好《かっこう》も体格もマクマードと同じくらいの、さっそうとした美男子だ。つば広の黒い中折れ帽を脱ごうともせず、鷲鼻《わしばな》に射貫《いぬ》くような鋭い目の端整な顔で、ストーブのそばに座っている男女をねめつけた。

エティは急いで立ちあがった。ひどく動揺し、明らかにおびえている。「ボールドウィンさん、ようこそ。こんなに早くいらっしゃるとは思わなかったわ。どうぞこちらにおかけになって」

ボールドウィンは両手を腰にあてて立ったまま、マクマードをにらみ続けている。

「こいつは誰だ？」ぶっきらぼうに尋ねた。

「お友達よ、ボールドウィンさん。うちに新しく来た下宿人なの。マクマードさん、紹介するわ。こちらはボールドウィンさん」

二人の若者は仏頂面で会釈し合った。

「おれとエティがどういう関係かは聞いてんだろ？」ボールドウィンが口を開く。

「さあね、見当もつかないな」

「そうかい。じゃあ、教えてやる。このお嬢さんはな、おれのものなんだ。わかったら、とっとと散歩にでも出かけたらどうだ？　気持ちのいい晩だぜ」

「せっかくのお勧めだが、散歩する気分じゃないんでね」

「へえ、それはそれは」残忍そうな目が怒りでぎらついた。「じゃあ、きっと一戦交えたい気分なんだろうよ、下宿人さん！」

「そのとおりだ！」マクマードがぱっと立ちあがる。「そうこなくちゃな。やっとまともなことを言えたか」

「やめて、ジャック！　お願い！」エティは哀れなほどおろおろしている。「ああ、ジャック、だめよ、大怪我をするわ！」

「なんだ、おい、ジャックだと？」ボールドウィンが吐き捨てるように言う。「なれなれしく呼ぶような仲だったとはな」

「テッド、落ち着いて――そんなふうにいきり立たないで。わたしを愛してくれてるなら、もっと心の広い人でいてちょうだい」

「エティ、悪いが、はずしてもらえないか？」マクマードが静かに言った。「この件は男同士でけりをつける。それともボールドウィンさん、おれと一緒に外へ出るか？今夜は晴れてるし、空き地も目と鼻の先だ」

「日をあらためて始末してやる。おまえごときのために手を汚したくないんでね」ボールドウィンは不敵に言い返した。「楽しみにしてろよ。この家に足を踏み入れるんじゃなかったと後悔させてやるからな！」

「善は急げと言うだろう？　いますぐけりをつけようじゃないか」とマクマード。

「いつやるか決めるのはおれだ。つべこべ言わず従え。これが目に入らないか！」ボールドウィンはいきなり袖《そで》をまくり上げ、前腕の焼き印とおぼしき奇妙なしるしをあらわにした。円の内側に三角形が描かれている。「こいつの意味は知ってるか？」

「知らないね。知りたくもない」

「ふん、じきに思い知るさ。請け合ってもいい。おまえの命はもう長くないってこともつけ加えておくぜ。理由はエティから教えてもらえ。で、エティ、おまえは必ずおれのところへ戻ってくる。はいつくばって許しを請いにな。おまえがどんな罰を受けるかはそのときに教えてやろう。自分でまいた種だ、自分の手で刈り取るがいい（新約聖書『ガラテヤの信徒への手紙』第六章七節に基づく）！」

ボールドウィンは憎々しげに二人をにらみつけたあと、踵《きびす》をめぐらして玄関へ向かった。間もなくドアを乱暴に閉める音が響いた。

残った二人は無言で立ちつくしていたが、しばらくしてエティがマクマードにしがみついた。

「ああ、ジャック、なんて勇敢なの！　でもここから先は無理。すぐに逃げて！　今夜——そうよ、ジャック、今夜にも！　それしか助かる道はないわ。ボールドウィンはあなたの命を奪う気だもの。あの恐ろしい目つきにははっきりそう書いてあった。ねえ、向こうにはマギンティ親分の息がかかった団員が十人以上もいるのよ。どうしたって勝ち目はないでしょう？」

マクマードはエティの腕をほどいてキスし、椅子へ優しく促した。

「よしよし、いい子だ。おれのために心配したり怖がったりすることはないよ。おれも自由民団の一員なんだ。そのことはさっきおやじさんにも話した。しょせんあの連中と同じ穴の狢《むじな》だから、おれを聖人扱いしないでくれ。どうだい、本当のことを知って、おれのことが嫌いになったんじゃないか？」

「まさか！　ジャック、命がある限り、決して嫌いになったりしない！　ここ以外の土地の自由民団は悪いことなんかしないと聞いてるわ。あなたを嫌いになる理由がいったいどこにあるの？　だけどジャック、団員ならマギンティ親分のところへ行って、味方につけたほうがいいわ。さあ、急いで、ジャック！　先手を打たないと、猛犬たちをけしかけられてしまう」

「ああ、おれもそうしようと思ってたところだ」マクマードは言った。「すぐに行って、話をつけてくる。おやじさんには、ここで寝るのは今夜が最後、明日の朝どこか別のところへ移ると伝えてくれ」

マギンティの酒場はいつものようににぎわっていた。町の荒くれ者全員にとってお気に入りのたまり場なのだ。マギンティは粗野で陽気なうわべの下に複雑な性分をたっぷり隠し持っていたが、それがゆえに人気があった。しかし人気を差し引いても、町を丸ごと支配しているばかりか、三十マイルにわたる谷全体とその両側の山々にまで影響力を行き渡らせている男だから、彼に対する皆の恐怖心は相当なものだろう。酒場が繁盛するのもうなずける。親分のご機嫌を損ねるわけにはいかないのだ。

マギンティはこうした裏の影響力を情け容赦なく行使すると誰もが信じていたし、公的な重職にも就いていた。便宜を図ってもらおうとするならず者たちの票で、市議会と道路委員会に名を連ねていたのだ。住人に課せられる税金は途方もなく高いというのに、役所全体が怠慢で、会計検査官が賄賂《わいろ》をもらっているから財政までいいかげんだった。善良な市民にすれば、脅迫されて公然と金を巻きあげられているようなものだが、あとでひどい目に遭いたくなければ泣き寝入りするしかなかった。

そんなわけで、マギンティ親分がつけているダイヤモンドのピンは年を追うごとに大きさを増し、派手になっていくチョッキに合わせてそれを飾る金鎖もどんどん太くなっていった。当然ながら彼の酒場も拡張に次ぐ拡張で、現在ではマーケット・スクウェアの片側を独占しそうな勢いである。

マクマードはスイングドアを開けて酒場へ入ると、もうもうたる煙草の煙と酒臭い淀《よど》んだ空気のなか、人ごみをかき分けながら奥へ進んでいった。店内はまばゆいほど明るく、四方の壁面にはめこまれた太い金の枠の巨大な鏡が光を反射して、度を越した装飾がよけいけばけばしく見える。真鍮《しんちゅう》飾りのついた広いカウンターでは、酒を求めて群がる客たちのためにワイシャツ姿になった数人のバーテンダーたちが忙しく立ち働いている。

一番奥に、葉巻を横ぐわえにしてカウンターに寄りかかっている筋骨たくましい長身の男がいた。これがかの有名なマギンティにちがいない。髪をたてがみのように伸ばした大男で、顎《あご》ひげは頬骨のあたりまで覆い、真っ黒いくしゃくしゃの髪が襟にかぶさっている。顔はイタリア人のように浅黒く、異様にどんよりした黒い目はいくぶん斜視のせいもあってなんとも不気味だ。

ほかの部分はすべて——威厳のある体軀《たいく》に整った面貌《めんぼう》、そして素朴な態度も——本人が気取っている陽気でざっくばらんな人柄と少しも矛盾していない。うわべからは、言葉づかいは乱暴でも心はまっすぐな飾り気のない正直者に思えるだろう。が、底なし沼のようなあの薄気味悪い無慈悲な目でにらまれた瞬間、仮面の裏に潜む邪悪さに気づき、震えおののくにちがいない。ありあまる権力と度胸を備えたずる賢い男だけに、その恐ろしさは想像を絶する。

相手をとくと観察してから、マクマードはいつもの無頓着《むとんちゃく》な態度で堂々と歩き続け、親分のつまらない冗談にも大笑いしてこびへつらう、ご機嫌うかがいの取り巻き連中を平然と肘《ひじ》で押しのけた。彼に気づいてマギンティのどんよりした目が鋭さを帯びたが、眼鏡の奥の灰色の目はひるまず大胆不敵ににらみ返した。

「よう、若いの、見覚えのねえ面《つら》だな」

「新顔なんでね、マギンティさん」

「新顔だからって、紳士を呼ぶときの正しい肩書を知らねえわけじゃあるめえ？」

「マギンティ議員だろうが、若造」取り巻きから声が上がった。

「そりゃ失礼、議員さん。この土地のしきたりに疎くてね。あんたに会ったほうがいいと言われたから、来てみたんだ」

「そうかい。で、実際に会ってみて、おれをどう思った？」

「会ったばかりだから、まだなんとも。ただ、図体《ずうたい》と同じくらい度量も大きくて、顔と同じくらい人柄も立派なら、言うことなしだろうな」マクマードは悪びれるふうもなく答えた。

「けっ、アイルランド野郎め、へらず口はほどほどにしとけよ」酒場の主人はむっとしたが、ふてぶてしい客の言動を適当に受け流すべきか、あくまで威厳を保つべきか決めかねている様子だった。

「おれの見てくれは一応お眼鏡にかなったってことか？」

「もちろん」マクマードが答える。

「おれに会えと言われたそうだな」

「ああ」

「誰に？」

「ヴァーミッサ三四一支部の同志スキャンランに。じゃ、お近づきのしるしに一杯ちょうだいします。議員さんの健康を祝して！」マクマードは渡されたグラスを口へ持っていき、小指を立てて飲み干した。

その様子をじっと見ていたマギンティは太い黒々とした眉《まゆ》を上げた。「ふふん、そうか。だが、もっとよく調べないとな——名は——」

「マクマードだ」

「じゃあ、マクマード君、はっきり言っとくぜ。この土地じゃ、むやみに人を信用しねえし、相手の話を鵜呑《うの》みにもしねえのさ。ちょっと来てもらおう。あっちだ」

酒場の奥には小部屋があり、酒樽《さかだる》がいくつも並べられていた。マギンティは静かにドアを閉めてから手近な酒樽に腰を下ろし、くわえていた葉巻を噛《か》みながら、マクマードを不穏な目つきで考え深げに観察した。そうやって二分間は押し黙っていた。マクマードのほうはてんで気にしない様子で片手を上着のポケットに突っこみ、もう一方の手で褐色の口ひげをひねっている。するとマギンティが突然前にかがんで、見るからに物騒な拳銃《けんじゅう》を取りだした。

「この曲者《くせもの》め、おれたちをだましてるんだとしたら、生かしちゃおかねえからな。覚悟しとけよ」

「ずいぶんと変わった挨拶《あいさつ》だな」マクマードはもったいぶった調子で言った。「自由民団の支部長はよそから来た同志をいつもそんなふうに迎えるのかい？」

「まずは同志だってことを証明してもらおうじゃねえか」マギンティが言い返す。「できなけりゃどうなるかはわかってるな？　どこで入団した？」

「シカゴ二九支部だ」

「いつ？」

「一八七二年六月二十四日」

「支部長は？」

「ジェイムズ・H・スコット」

「地区の統括者は？」

「バーソロミュー・ウィルスン」

「ふむ！　すらすらと答えたな。ここでなにをしてる？」

「働いてる。あんたと同じだ。もっとも、こっちはちっぽけな仕事だが」

「口の立つ男だな」

「まあね。昔からこんな具合さ」

「腕も立つか？」

「仲間内では評判だよ」

「いいだろう。じきに試すときが来る。うちの支部についてなにか聞いてるか？」

「骨のあるやつなら仲間にしてもらえると聞いた」

「おまえならあてはまりそうだな、マクマード君。シカゴを出た理由は？」

「言えっこないだろう！」

マギンティは目を見開いた。そういう返事には慣れていなかったので、むしろ愉快だった。「どうして言えねえんだ？」

「同志に嘘はつけないからだ」

「かなり後ろ暗い事情があるってことだな」

「そう思ってくれてかまわない」

「おまえ、支部長のおれが素性の知れないやつを団員に迎えられると思うか？」

マクマードはしばらく悩んだあとで、内ポケットからよれよれの新聞の切り抜きを取りだした。

「密告しないだろうな?」

「なんだ、その口のきき方は! 張り飛ばされたいか!」マギンティが激昂《げっこう》した。

「悪かったよ、議員さん」マクマードは素直に詫《わ》びた。「考えもせず言っちまった。そうだよな、あんたに守ってもらえれば安心だ。その切り抜きを読んでみてくれ」

マギンティは事件の記事にざっと目を通した。一八七四年の新年が明けて間もなく、シカゴのマーケット通りの酒場レイク・サルーンで、ジョナス・ピントという男が射殺されたとある。

「おまえのしわざか?」切り抜きを返す際にマギンティが尋ねた。

マクマードはうなずいた。

「なぜ撃った?」

「おれは国の仕事を陰で助けようとドル金貨をこしらえてたんだ。本家と比べて質は良くないが、見た目はそっくりだし、なんといっても材料費が安い。で、ピントの役目はおれのドルをつかませる——」

「役目はなんだって?」

「つまり、あちこちでばらまいて流通させることだった。ところが、途中で秘密をばらすと言いだした。たぶんもうばらしてたんだろう。とにかく様子見なんかしてる場合じゃなかったから、すぐにやつの口を封じてこの炭鉱地帯へ逃げてきたんだ」

「どうして炭鉱地帯へ？」

「やかましいことを言うやつはいないと新聞で読んだからさ」

マギンティは冷笑した。「贋金《にせがね》づくりに殺しまでやったあげく、お次は歓迎されると思ってここへ飛びこんだわけか」

「まあ、そういうことだ」とマクマード。

「役に立つやつだといいがな。ドルはいまでも造れるか？」

マクマードはポケットから硬貨を五、六枚取りだした。「これは全部、国の造幣局を通ってない」

「なんだと？　ちょっと見せてみろ！」マギンティはゴリラじみた毛むくじゃらの大きな手で硬貨をつかみ、明かりにかざした。「本物と見分けがつかねえぜ！　たいしたもんだ。おまえなら有能な同志になるぞ。一人や二人、悪党を仲間にしたってかまわんだろう。自衛手段にもなるからな。組織としちゃ、厄介な敵が現われたら排除していかねえと、じきに八方ふさがりだ」

「排除なら任せてくれ。ほかの仲間と組んで、きっとうまくやれる」

「肝っ玉もありそうだな。おれが拳銃を抜いても動じなかった」

「命が危なかったのはおれじゃなかったからね」

「誰だったんだ？」

「あんたさ、議員さん」マクマードがそう答えて、ピージャケットのポケットから撃鉄を起こした拳銃を出して見せる。「ずっとあんたにねらいをつけてたんだ。早撃ちには自信があるんで、しくじらなかったと思うよ」

「ちくしょうめ！」マギンティは怒りで真っ赤になったあと、突然げらげら笑いだした。「なかなかやるじゃねえか。久しぶりに一本取られたぜ。おまえは支部で重宝しそうだぞ……ん？　なんだ、いきなり。来客中だぞ。せっかくさしで話してるのに五分も経たねえうちに邪魔しやがるのか？」

入ってきたバーテンダーは恐縮して言った。「申し訳ありません。テッド・ボールドウィンさんがみえて、至急の用事だとおっしゃるものですから」

結果的に取り次いだ意味がなくなった。バーテンダーのすぐ後ろからボールドウィン本人が怒りの形相でのぞきこんでいたからだ。彼は酒場の従業員を無理やり追い払い、ドアを閉めた。

「そういうことか。先回りしたんだな？」ボールドウィンがマクマードをにらみつけた。「議員さん、こいつのことで話したいことがある」

「いますぐおれのいる前で話したらどうだ？」マクマードが挑発する。

「いつどこで話そうと、おれの勝手だ」

「おい、こら！」マギンティは酒樽から腰を上げた。「いがみ合うのはよせ。ボールドウィン、新しい仲間を迎えたってのに、そんな挨拶の仕方はないだろう。さあ、二人とも手を出せ。握手して仲直りだ」

「いやなこった！」ボールドウィンが叫ぶ。

「おれのふるまいにけちをつけてきたんで、一戦交えようじゃないかとこっちから提案したんだ」マクマードは説明した。「おれは素手で闘うつもりだが、こいつが納得できないならどんな方法だってかまわない。議員さん、あんたに任せるよ。支部長の立場で、おれたちのどっちが正しいか判断してくれ」

「いざこざの原因はなんだ？」

「若いご婦人の取り合いになってね。彼女には自由に選ぶ権利がある」

「冗談じゃねえ！」ボールドウィンが怒鳴る。

「候補が二人とも支部の者なんだから、自由に選んでかまわんだろう」とマギンティ親分。

「支部長、本気で言ってるんですか？」

「ああ、そうだとも、テッド・ボールドウィン」マギンティは子分をぎろりとにらんだ。「文句があるのか？」

「五年も前から手足となって働いてる者を見捨てて、会ったばかりの野郎に味方するとはね。ジャック・マギンティ、あんただってずっと支部長でいられるわけじゃない。次の選挙では――」

議員は猛虎さながらにボールドウィンに飛びかかった。片腕を相手の首にがっちり巻きつけて酒樽《さかだる》の上に押し倒す。このまま放っておいたら、絞め殺しかねないほどの逆上ぶりだ。

「落ち着いてくれよ、議員さん！　頼むから、冷静に！」マクマードが止めに入って、二人を無理やり引き離した。

マギンティがようやく力をゆるめると、ボールドウィンはぜいぜいあえぎながら、押し倒された樽の上で身体を起こした。死の淵《ふち》をのぞいたばかりのように激しくおののき、手も足もぶるぶると震えている。

「前々から懲らしめてほしかったようだな、テッド・ボールドウィン。これで気が済んだか！」マギンティは大きな胸を上下させた。「おれが落選したら、代わりに支部長の座に就こうって魂胆なんだろうが、そうは問屋が卸すか。決めるのは支部だ。そしておれが支部長でいる限り、おれにたてつくことは誰にも許さねえ。全部おれの決めたとおりにしろ」

「たてつくつもりなんかないですよ」ボールドウィンは喉《のど》をさすりながら、つぶやくように言った。

「それならいい」親分は急に普段の気さくな態度に変わった。「おれたちはまた仲間に戻ったわけだから、この話はもうおしまいだ」

マギンティ親分は棚からシャンパンを一本取って、栓を抜いた。

「それじゃあ」三個の背の高いグラスにシャンパンを注ぎながら続ける。「仲直りのしるしに支部流の乾杯といこうぜ。そのあとはもう恨みっこなしだからな。よし、左手を喉仏《のどぼとけ》にあてて始めるぞ。テッド・ボールドウィンに問う、汝《なんじ》の怒りとはなんぞや？」

「暗雲低く垂れこめる」ボールドウィンが答えた。

「されど、いずれは晴れよう」

「我、それを誓う」

二人はおのおのグラスを干し、同じ儀式がボールドウィンとマクマードとのあいだでもおこなわれた。

「さてと！」マギンティは手をこすり合わせた。「これで帳消しだ。恨みを引きずったりすれば、支部の掟《おきて》に従って罰せられるからな。その罰がどれほど過酷か、同志ボールドウィンはすでにいやってほど知ってるが、同志マクマード、おまえも身をもって知ることになるぞ。もめ事を起こせばな！」

「おれはアイルランド人の血が流れてるせいだろうな。おれにとっちゃ、もう済んだことだ。わだかまりはいっさいない」

恐ろしい親分ににらまれていては、ボールドウィンも握手に応じるしかなかったが、いかにも不満げな顔つきを見れば、彼の心にマクマードの言葉が少しも届いていないのは明らかだった。

「そうならないよう努めるよ」マクマードはボールドウィンに手を差しだした。「おれは喧嘩《けんか》っ早いが、忘れるのも早くてね。アイルランド人の血が流れてるせいだろう

マギンティは両者の肩を叩《たた》いた。「ちぇっ、女の取り合いとはな！　おれの子分が二人、よりによって同じ娘に入れあげちまったわけか。運の悪いこった！　まあ、娘の気持ち次第だろう。こういうのは支部長の管轄外だから――ありがたいことにな。それでなくとも、ほかに片付けるべき仕事がごまんとあって、女の問題どころじゃねえのさ。では同志マクマード、三四一支部への加入を認める。ここにはここの流儀があって、シカゴとはちがうってことを覚えとけよ。毎週土曜の夜に集会を開いてる。次の土曜は必ず来い。今後、ヴァーミッサ谷にいるときゃ大手を振って歩けるようにしてやる」

第三章　ヴァーミッサ谷三四一支部

波乱の連続となった晩の翌日、マクマードはジェイコブ・シャフターの下宿を引き払って、町はずれにある、夫に先立たれたマクナマラ夫人の家で世話になることが決まった。汽車で最初に知り合ったスキャンランも間もなくヴァーミッサへ移ってきて、同じ家に下宿することになった。ほかに下宿人はおらず、アイルランド出身の家主もおっとりした老女で、よけいな世話を焼くようなことはない。共通の秘密を持つ彼ら二人にすれば、まわりを気にせずものを言えて、自由に行動できる理想的な環境だった。

前の下宿先のシャフターも態度を多少軟化させ、食事に来るくらいはいつでもかまわないと言ってくれた。おかげでエティとの仲を引き裂かれずに済み、日を追うごとに二人は親密になっていった。

新しい下宿はどうやら安全そうだと判断したマクマードは、自室で硬貨偽造用の鋳型を広げ、秘密厳守を誓わせてから支部の仲間に見せてやることにした。部屋を訪れた連中は見本の贋金《にせがね》をいくつかポケットに隠して持ち帰ったが、出来栄えは申し分なく、どこで使ってもなんの疑いも招かなかった。これほどの卓抜した技能を持ちながら、マクマードはなぜあくせく働いているのか、同志たちは不思議でならなかった。本人に尋ねると、目に見える職で生計を立てなければ警察にたちまち怪しまれるから、という答えが返ってきたが。

現に一人の警官から目をつけられていた。幸いなことにそれが有利な方向へ働いて、マクマードに害を及ぼすどころか逆に好都合な状況を生む結果となった。挨拶《あいさつ》で初めて足を踏み入れて以来、マクマードは毎晩のようにマギンティの酒場へ行き、〝若い衆《ザ・ボーイズ》〟との交流を深めていた。ちなみに、〝ザ・ボーイズ〟というのは、その酒場を根城にする不良どもが仲間内で使う呼び名だ。威勢がよく、怖《お》めず臆《おく》せず堂々と意見を言うマクマードは、彼らから大いに気に入られた。また、酒場で荒っぽい喧嘩が起こると、相手を片っ端から手際よくやっつけ、粗暴なごろつき集団からも賞賛を浴びた。さらにそこへ新たな一件が加わったことで、マクマードに対する信望はぐんと高まったのである。

ある晩、ちょうど酒場がごった返している時刻、鉱山警察の男が入ってきた。地味な青い制服に先のとがった帽子といういでたちだ。鉱山警察とは鉄道会社と炭鉱所有者が出資している特殊警察の名称で、住民を脅かすならず者一味に対し、地元の警察がお手上げ状態だったことが設置の背景となっている。

警官が現われた瞬間、店内は水を打ったように静まり返り、大勢の客が好奇心もあらわに彼を食い入るように見た。もっとも、アメリカではところによって警察と犯罪者のあいだに独特の関係がある。カウンターの奥に立っているマギンティは、店の客に警官が加わろうと少しも動じていなかった。

「ウイスキーをストレートで。今夜はやけに冷えこむ」警官がカウンターに近づいて言った。「初めてお目にかかるね、議員さん」

「新顔のおまわりさんだな？」とマギンティ。

「ああ、そうとも、議員さん。この町の法と秩序を守るため、あなたをはじめ有力者の方々にぜひご協力いただきたい。鉱山警察のマーヴィン署長だ。以後お見知りおきを」

「あんたがいないほうがうまく行くんだよ、おまわりさん」マギンティは冷たく言った。「れっきとした町の警察があるってのに、輸入品に頼る必要なんぞないね。しょせん、あんたらは金で雇われた資本家の手先だ。貧しい住人に向かって棍棒《こんぼう》を振りまわすか拳銃《けんじゅう》をぶっ放すのが役目なんだろうよ」

「なあ、不毛な議論はよそうじゃないか」警官は明るく言った。「皆、おのれの信念に従って本分を果たそうとしてるだけなんだろうよ。ただ、その信念が人によって異なるだけでな」酒を飲み干して店を出ようとしたとき、警官は隣でしかめ面をしていたジャック・マクマードに目を留めた。

「おやっ、なんと！」驚きの声を発し、マクマードを上から下までじろじろ眺めた。

「懐かしい知り合いがいたぞ！」

マクマードはあとずさった。「ポリ公と友達になったことは一度もないね」

「知り合いって言葉が友達を指すとは限らないんじゃないか？」警官はにやにやして言った。「おまえ、シカゴのジャック・マクマードだな？　とぼけても無駄だぞ」

「べつにとぼけちゃいないぜ」マクマードは肩をすくめた。「おれが自分の名前を恥じてるとでも思ってるのか？」

「どういう意味だ？」

「恥じる理由はたっぷりあるだろう」マクマードは拳《こぶし》を握って詰め寄る。

「よせよ、ジャック。すごんでも無駄だ。おれはこの陰気臭い炭鉱へ来るまでシカゴの警官だった。シカゴの悪党は面《つら》を見りゃわかる」

マクマードが憮然《ぶぜん》とする。「まさかあんた、シカゴ中央署のマーヴィンじゃないだろうな？」

「いかにも、そのテディ・マーヴィンさ。仲良くしようじゃないか。あっちの警察はまだジョナス・ピント射殺事件を忘れちゃいないからな」

「おれがやったんじゃない」

「ほう、れっきとした証拠があるのに否定するのか？　なんであれ、あいつが死んだおかげでおまえが命拾いしたのは確かだ。あのままいけば、贋金をつかませたかどで逮捕されてたからな。ま、しょうがない。過去のことは水に流そう。ここだけの話だが──本当はこんなことまでしゃべっちゃまずいんだが──証拠不十分で、警察はあきらめるしかなかったんだ。だからおまえは安心して明日にでもシカゴへ帰れるぞ」

「ここでけっこう」

「なんだい、とっておきの情報を教えてやったのに、礼の言葉もなしでふくれっ面か？」

「ありがとうよ。恩に着るぜ」たいしてありがたくなさそうな口調でマクマードは言った。

「まっとうに生きててくれりゃ、なにも言うつもりはない」とマーヴィン。「だがな、ちょっとでも悪の道にそれてみろ。絶対に黙っちゃいないからな！　さて、行くとするか。じゃあな、マクマード。失礼しますよ、議員さん」

警官は酒場を出ていき、店内では地元の英雄が一人誕生した。マクマードのシカゴでの前歴については、以前から陰でいろいろとささやかれていた。当人は大げさにもてはやされるのを避けてか、探りを入れられても毎回笑ってはぐらかしてきた。ところが、さっきの出来事で噂は本当であることが警官によって証明されたのだ。酒場のごろつきどもは一斉にマクマードを取り巻いて、代わる代わる熱烈な握手を求めた。このときを境にマクマードは地元の誉れとなった。普段の彼は大酒をくらってもほとんど酔わないが、その晩は相棒のスキャンランに下宿まで連れ帰ってもらわなかったら祝い酒を際限なく飲まされ、カウンターの下で酔いつぶれるはめになっていただろう。

土曜日の晩、マクマードは支部の集まりで紹介された。シカゴの団員だったので形式ばったことはしないだろうと思っていたが、ヴァーミッサには皆が誇る独特の儀式があり、入団志願者は必ずそれに臨まなければならない決まりだった。入団の儀式はユニオン・ハウスに設けられた専用の大会議室で開かれた。集まったのは六十人ほどだったが、その地方全体の団員数はもっと多い。谷にはほかにもいくつか支部があって、両側の山々の向こうにもやはり複数の支部が置かれていた。厄介事が起きれば支部間で助っ人《すけと》を出し合っていたので、場合によっては、現地で顔を知られていない強みを利用して悪事を働くこともできるわけだ。すべての支部を合計すると、この炭鉱地帯には五百人強の団員が散らばっていることになる。

集まった男たちは、がらんとした広い会議室で長いテーブルを囲んだ。かたわらにあるもうひとつのテーブルには酒が用意され、ボトルやグラスがずらりと並んでいた。早くもそちらが気になってしかたない者たちがちらほら見受けられる。

上座にはマギンティの姿があった。黒いもじゃもじゃ頭に黒ビロードの平たい縁なし帽をかぶり、派手な紫の頸垂帯《ストラ》をかけていた。悪魔的な儀式を執りおこなう聖職者のようだ。彼をはさんで左右に支部の幹部たちが並んでいるが、そこにテッド・ボールドウィンの端整だが残忍そうな顔も交じっていた。めいめい支部での役職を示す飾り布や円形のバッジをつけている。

幹部はほとんどが中年だが、ほかは十八歳から二十五歳くらいまでの若者ばかりで、年長者にすれば命じたことは進んで実行する使い勝手のいい子分だろう。年長者のほうには腹黒い粗暴な性格が透けて見える顔が多いのに対し、子分は皆、熱意に満ちた無邪気そうな表情だった。残虐な殺し屋集団の一員とはとても信じられない。だが現実には堕落しきって道徳心を失い、犯罪行為に快感を覚え、いわゆる〝掃除屋〟の仕事で功名を立てた極悪人を崇拝している。

そういう性根の腐った連中にすれば、なんの攻撃もしてこない――多くの場合は会ったためしもない――人々を始末する役目に名乗りを上げるのは、勇敢で潔い行為なのだ。仕事が遂行されたあとは、仲間内で誰が致命傷を与えたかで言い争ったり、殺された者の悲鳴や苦悶《くもん》の表情を面白がって得意げにまねたりするのがつねだった。

彼らは初めのうちこそ人目を恐れていたが、この物語の頃には甚だしく大っぴらに悪行を重ねていた。なぜそうなったかというと、ひとつには警察の度重なる失敗によって誰も証言台に立ちたがらなくなったせいで、もうひとつは、支部側が自分たちにとって有利な証人をいくらでも用意できたうえ、いざとなれば潤沢な資金を使ってアメリカ屈指の優秀な弁護士を雇えたからである。

そのため、スコウラーズが起こした凶悪事件は十年ものあいだ一度も有罪判決に至っておらず、彼らを脅かすものがあるとすれば、それは被害者のみという状況だった——たとえ多勢に無勢で、不意をつかれたとしても、被害者はときに反撃して加害者に傷跡を残すことがある。

マクマードは、儀式でいくばくかの試練を与えられると事前に告げられたが、具体的なことは教えてもらえないままその時を迎えた。まず、真面目くさった顔つきの二人の同志に隣室へ連れていかれた。厚板の間仕切り越しに、会議室から大勢の話し声が漏れてくる。一度か二度、自分の名前が聞こえたので、入団をめぐって議論しているらしい。やがて緑と金の飾り帯を肩から腰へ斜めにかけた男が入ってきた。

「支部長の命令で、腕を縛って目隠しをしてから連れていく」

三人がかりでマクマードの上着を脱がせると、右袖《みぎそで》をまくり上げた。肘《ひじ》の上部にロープを巻いて、両腕を胴体にきつく縛りつける。最後に厚地の黒い頭巾《ずきん》を顔の上半分まで覆うようにかぶせたので、マクマードにはなにも見えなくなった。そのまま会議室へ移動させられた。

黒い頭巾に視界をさえぎられ、目の前は不快なほど真っ暗だった。人々のきぬずれの音や、ぼそぼそとした話し声にぐるりと囲まれたが、しばらくするとマギンティの声が厚い布越しに遠くくぐもって聞こえてきた。

「ジャック・マクマード、もとから自由民団の一員だったのか？」

マクマードは肯定のしるしにうなずいた。

「シカゴの二九支部だったな？」

マクマードは再びうなずいた。

「暗い晩はいやなものだ」

「然《しか》り、よそから来た旅人には」

「暗雲低く垂れこめる」

「然り、嵐は近し」

「異存はないか？」支部長が一同に尋ねる。

全体から同意の声が返る。

「マクマード、さっきの合言葉でおまえがわれわれの同志であることははっきりした」マギンティは話を続けた。「しかし、この土地にはこの土地の儀式があり、新参者は良き仲間の証《あかし》として特定の義務を果たさねばならない。覚悟はできてるな？」

「できている」

「度胸はあるか？」

「ある」

「一歩前へ進んで、証明してみせろ」

支部長の言葉と同時に、マクマードは両目に硬くとがったものが押しあてられるのを感じた。このまま前へ動いたら、目に突き刺さるかもしれない。それでも勇気を振り絞って一歩踏みだすと、目に押しあてられていたものがすっと取り払われた。まわりの者たちから次々に称賛の声が漏れる。

「度胸は充分だな。苦痛に耐える力はあるか？」再び声が問う。

「人並みには」

「やれ！」

突然、前腕を激痛が貫いた。マクマードは必死にこらえ、かろうじて悲鳴を押し殺した。あまりの衝撃に気絶しそうになったが、苦悶を表に出すまいと唇を噛《か》み、両手をぎゅっと握りしめた。

「これくらい軽いぜ」マクマードは言った。

今度はやんややんやの喝采《かっさい》となった。入団の儀式でこれほどの勇姿を見せた者は誰もいなかったのである。皆、彼の背中を叩《たた》いてねぎらい、頭巾をはぎ取った。同志たちに囲まれた彼はまぶしさに目をしばたたきながら、祝福の言葉に笑顔で応《こた》えた。

「同志マクマード、最後に一言」とマギンティは前置きする。「おまえは秘密と忠誠を誓った。もしそれを破ったら、ただちに死をもって償うことになるぞ」

「心しておく」

「それから、いかなる場合でも支部長が決めたことに従うだろうな？」

「従う」

「では同志マクマード、ヴァーミッサ三四一支部の名において、おまえに団員の特典と特権を授与する。同志スキャンラン、酒をテーブルへ運んでくれ。立派な同志の誕生を祝って乾杯だ」

　マクマードは上着を返してもらったが、袖を通す前に右腕のまだずきずきしている箇所を調べてみた。すると、円の内側に三角形を描いた焼き印のようなしるしが赤黒く残っていた。そばにいた数人が自分の袖をまくって、そろいのしるしを見せた。

「全員が通った道だ」一人が言った。「おまえみたいに勇ましくはなかったけどな」

「あれくらい、どうってことないさ」マクマードはうそぶいたものの、ずきずきする痛みは消えてくれなかった。

　入団の儀式が済んで、酒が飲み尽くされたあとは、支部の例会となった。マクマードは表情を変えず黙って聞いていたが、シカゴの単調で退屈な会しか知らないだけに内心ぎょっとした。

「議案表にある最初の項目だが」と支部長のマギンティ。「マートン郡二四九支部のウィンドル地区長から次のような手紙が届いた」続いて手紙を読みあげた。

拝啓

当地の炭鉱所有主レイ・アンド・スタマッシュ社のアンドルー・レイを始末することになった。昨秋、例の巡査の件で当方から二名を手伝いに遣わしたことは覚えておいでだろう。その返礼として、今度は貴方に優れた助《すけ》っ人《と》を二名ばかり拝借したい。本件を担当する会計係のヒギンズのところへよこしていただければ、彼からじかに決行の日時と場所を伝える。ヒギンズの住所はすでにご存じのとおり。

敬具

自由民団地区長　J・W・ウィンドル

「こっちが人員の融通を頼んだときは、ウィンドルは必ず応じてくれた。うちとしても、今回の件は断るわけにはいかんだろうな」マギンティは陰険な目つきで一同を見回した。「我こそはと買ってでる者はいないか？」

数人の若い団員が手を挙げると、支部長は満足げににやりとした。

「よし、虎のコーマック、おまえにしよう。前回のようにやれば、しくじることはない。もう一人はおまえだ、ウィルスン」

「拳銃《けんじゅう》を持ってません」まだ十代の志願者が言った。

「おまえにとっちゃ初陣だな。幸先がいいじゃないか。いずれは手を染める汚れ仕事、この経験で大いにはずみがつくってもんだ。銃は先方が用意するはずだから心配するな。月曜日にでも顔を出してこい。戻ってきたら英雄並みの歓迎を受けるだろうよ」

「報酬はもらえるんですか？」ずんぐりして顔が浅黒く、見るからに残酷そうなコーマックが訊《き》く。〝虎〟のあだ名は野獣のごとく凶暴な性格からつけられた。

「欲をかくな。これは名誉のための仕事だ。首尾よくやり遂げりゃ、小遣い程度はくれるだろう」

「その男はなにをしでかしたんです？」とウィルスン。

「よけいなことを訊くな。おまえが口出しする問題か？　どういう判断を下そうが、あちらさんの勝手だ。そいつを消すと決まったんなら、こっちは黙ってそれを実行してやるまでだ。お互い、持ちつ持たれつだからな。ああ、それで思い出したが、来週はマートン支部から助っ人が二人来て、ひと仕事してもらうことになってる」

「誰と誰ですか？」質問の声が上がる。

「お利口さんはそんなことは訊かねえもんだ。なにも知らなけりゃ証言のしようがねえわけだから、とばっちりを食わなくて済む。とにかく、ちゃんと仕事のできるやつらがきっちり掃除してってくれるだろう」

「掃除には頃合いだぜ！」テッド・ボールドウィンが息巻く。「近頃、この地域の住人はどいつもこいつも図に乗ってやがる。先週も現場監督のブレイカーがうちの団員三人を首にしやがった。前々からあいつには虚仮《こけ》にされっぱなしだ。そろそろたっぷりお返しをしてやらないとな」

「お返しってなんだ？」マクマードは隣にいる男に小声で尋ねた。

「散弾銃をしこたまお見舞いしてやることさ！」男は大声で笑った。「なあ、同志よ、おれたちのやり方をどう思う？」

　マクマードは札つきの男だけあって、入団したばかりにもかかわらず組織の堕落した精神に早くも染まったらしい。「気に入ったよ。覇気のあるやつにとっちゃ、ここは天国だ」

　それを耳にはさんだ数人が感心とばかりにはやし立てた。

「なんだ？」テーブルの端から黒いたてがみのような髪の支部長が訊く。

「この新入り、おれたちのやり方がお気に召したそうですぜ」マクマードは即座に起立した。「支部長殿、人手が必要なら、おれに一肌脱がせてもらえませんか？」

室内に称賛の嵐が沸き起こった。地平線の向こうに新しい太陽が昇ろうとしているように思えたのだろう。だが、年長者のなかには出過ぎたまねと感じた者もいたようだ。

「わしの意見だが」議長の隣にいる書記のハラウェイが発言した。禿鷲《はげわし》じみた顔に半白の顎《あご》ひげをたくわえた老人である。「同志マクマードは支部が適任者として指名するまで控えるのがよかろう」

「ごもっとも。おれもそのつもりで言ったんで、ご判断に従います」とマクマード。

「おまえの番は必ず来る」と議長が申し渡す。「意欲満々で頼もしい。時機が来れば、立派に使命を果たしてくれることだろう。それはそうと、おまえのやる気を見込んで、今夜ちょっとした仕事を手伝ってもらいたい」

「やりがいのある仕事ならいくらでも」

「とにかく今夜来てみるんだな。この地域でおれたちがどういう存在かわかる。細かいことは後回しだ。先へ進めるぞ」議長は手もとの書類を見やった。「議案がまだひとつふたつ残ってる。まず、会計係は銀行預金残高を報告してくれ。ジム・カーナウェイの女房に遺族手当を出さねばならん。やつは支部の仕事で命を落としたんだから、遺《のこ》された家族が路頭に迷わないよう面倒をみてやらんとな」

「ジムはな、先月マーリー・クリークのチェスター・ウィルコックスを殺《や》ろうとして撃たれちまったんだ」隣の男がマクマードにそう教えた。

「目下、財源は充分です」会計係が預金通帳を前に言った。「このところ各社とも気前がいいんで。マックス・リンダー社はうちに目をつけられないよう、おとなしく五百ドル払いました。ウォーカー兄弟社は百ドル送ってよこしましたが、突っ返して五百ドル出せと伝えてあります。水曜日になってもうんともすんとも言ってこなければ、巻き揚げ機を使えなくしてやりましょう。去年も砕炭機を燃やしたら、聞き分けがよくなったので。あとは、ウェスト・セクション給炭会社から今年度分の寄付がありました。現状ではどんな出費にも対応できます」

「アーチー・スウィンドンはどうなった？」同志の一人が訊いた。

「あのじいさんなら炭鉱を処分して、どこかへ行ったよ。かわいげのない手紙を残してな。恐喝屋に小突かれながら炭鉱主でいるより、ニューヨークで道路掃除人になったほうがましだと書いてあった。けっ、癪《しゃく》に障る！　手紙がこっちに届いたときには、もう行方をくらましてた。この谷へは二度と足を踏み入れんだろう」

ひげをきれいに剃《そ》った、額が広くて温厚そうな顔の年配者が、議長とは反対側の端で立ちあがった。「会計係に訊きたいんだが、われわれに追いだされたその男の鉱山は誰が買い取ったんだね？」

「ステート・アンド・マートン・カウンティ鉄道会社だ、同志モリス」

「去年、同様の事情で売りに出されたトッドマン・アンド・リー社の鉱山は？」

「同じくステート・アンド・マートン・カウンティ鉄道会社だ」

「では、やはり最近売却されたマンスン、シューマン、バン・デーア、アトウッドといった製鉄所は？」

「ウェスト・ギルマートン鉱業会社が全部まとめて買い入れた」

「同志モリス、買い手が誰だろうと気にすることはなかろう」議長が言う。「どうせ、よその土地へは持ちだせないんだ」

「お言葉ですが、支部長、これはゆゆしき問題ですぞ。十年ものあいだ同じようなことが繰り返されてきた。われわれが追い詰めたせいで小規模事業者は次々に減っていき、その結果どうなったかというと、鉄道会社や鉱業会社といった大手企業がいつの間にか後釜《あとがま》に座ってる。ああいう会社の経営陣は、われわれが手出しできないニューヨークやフィラデルフィアのような場所で高みの見物だ。現場監督には脅しが利いても、一人追いだしたところで、どうせ代わりが送りこまれてくる。そればかりか、われわれは自分で自分の首を絞めることになる。金も力もない小さな炭鉱主が相手なら、こっちにとって無害だ。生かさず殺さず搾り取って、操り人形にしておける。しかし、大企業はわれわれを収益の足かせとみなせば、手間を惜しまず金に糸目をつけず、われわれをとっつかまえて法廷へ引きずりだすだろう」

この不吉な言葉に場は静まり返った。誰もが不安げな暗い表情で顔を見交わしている。これまでずっと権勢をほしいままにする無敵の存在だったせいで、報復の危険という概念が頭から消え去っていた。だが、いかに向こう見ずな輩《やから》であろうと、いまの恐ろしい予言にはぞっとさせられたのだった。

「よって」同志モリスの発言は続く。「小規模事業者に対しては少し手加減するべきかと。連中が全滅したら、この支部の力も尽きてしまう」

受け入れがたい真実は疎まれる。発言者が着席すると、怒号が飛び交った。そのなか、議長のマギンティが苦虫を嚙《か》み潰《つぶ》したような顔で立ちあがり、こう言った。

「同志モリスは相変わらず悲観論者だな。この支部が総力を挙げて臨めば、アメリカ合衆国の誰を敵に回そうが屈しはしない。それは法廷で何度も証明されたはずだ。大企業といえども零細企業と同様、争うより金で解決したほうが得策だと思うに決まってる。では、兄弟たちよ――」マギンティは黒いビロードの帽子を脱ぎ、ストラをはずした。「今夜の会議はこれで終わる。まだ細かい問題がひとつ残っているが、散会のときでいいだろう。ここからは団員同士が理解と親睦《しんぼく》を深めるための宴《うたげ》だ」

人間性とはまことに奇妙である。ここに集っている者たちは当たり前のように人を殺してきた。個人的な恨みなどまるでない相手だろうと家族のいる男だろうと平気で手にかけ、残された妻と不憫《ふびん》な子供が悲嘆にくれても、良心の呵責《かしやく》や哀れみはひとかけらも抱かない。それほど没義道《もぎどう》な連中が、感傷的な哀調を帯びた音楽には涙ぐむのだから不思議だ。マクマードの声は美しいテノールだった。たとえ彼に反感を持つ団員がいたとしても、その晩彼が歌った『メアリ、わたしは踏み越し段に腰かけているよ』（正しくは『アイルランド移民の哀歌』）や『アラン河の岸辺で』を聴いたあとは、感動のあまりわだかまりはきれいに解けてなくなっただろう。

そうして、この新米団員は最初の晩から仲間の心をがっちりつかみ、幹部候補の呼び声高い人物とみなされたのだった。むろん、自由民団の主軸を担うには交際術以外の能力も求められるが、彼はそれについても申し分ないことをその晩のうちに示して見せた。ウイスキーの空き瓶がだいぶ増え、酔って顔の赤くなった男たちが乱行に及ぶかと思われた頃、支部長が再び立ちあがって一同に呼びかけた。

「みんな、聞け。この町に一人、痛い目に遭いたがってるやつがいるから、望みどおりにしてやってくれ。ヘラルド紙のジェイムズ・スタンガーだ。あいつがまたぞろおれたちを攻撃してきたのは知ってるな？」

腹立たしげな同意の声が一斉に返った。支部長のマギンティはチョッキのポケットから新聞の切り抜きを取りだした。

『法と秩序！』これが見出しだ。以下、読みあげる」マギンティは記事の内容を皆に聞かせた。

「〝恐怖に支配された石炭と鉄鉱の町――。

　最初の暗殺事件をきっかけに、当地の犯罪組織の存在が浮き彫りになってすでに十二年が過ぎた。以来、一味の非道な行為は後を絶たず、卑劣漢どもが町を横行するにまかせているのが現状だ。まさに文明社会の名折れである。われわれの偉大な母国がヨーロッパの圧制から逃れた人々を進んで受け入れてきたのは、いったいなんのためだったのだ？　暴君を嫌った者たちが自ら暴君になって、あまつさえ安住の地を与えてくれた恩人を不当に苦しめているにもかかわらず、なぜ手をこまねくのか？　遠い東洋で起きた未開の独裁君主国の話だとしても背筋が凍る暴力と無法の国が、よりによって神聖不可侵の自由を謳《うた》う星条旗はためく土地に築かれてしまうのか？　組織の顔ぶれは明らかだ。厚かましくも公然と悪事を重ねている。あのような連中をいつまで野放しにしておくのだ？　いつになったらわれわれは――〟」

　ここで議長が切り抜きをテーブルに放りだす。

「けっ！　たわごとばかり並べやがって。やつがおれたちをどう書いてるかは充分わかったろう。で、おまえたちの返事は？」

「殺っちまおうぜ！」十数人が同時に叫んだ。

「いや、やめたほうがいい」反対したのは額が広くひげのない同志モリスだった。「確かにこの谷ではちと図に乗りすぎた。度を越せば、いずれ住人が自衛のために団結して、われわれの打倒を旗印に掲げるだろう。ましてやジェイムズ・スタンガーは老人だ。地元での人望が厚く、ヘラルド紙もこの谷の模範的な住人から強く支持されてる。もし殺られれば、騒ぎは州全体に広まって、最後は支部を破滅に追いやるだろう」

「破滅だと？　小心者のモリスさんよ、やつらにそんなことができるか？」マギンティが大声で言う。「警察を動かす？　連中の半分には袖《そで》の下を握らせてあるし、残り半分はびくついてなにもできやしない。おれたちを法廷へ引きずりだす？　これまで何度も経験したが、いつだって無罪放免だったがな」

「私刑《リンチ》ってこともありうる」

同志モリスがそう発言すると、皆から怒声が浴びせられた。

「いいか」マギンティが口を開く。「おれが指一本上げるだけで、助《すけ》っ人《と》が二百人は集まるんだぜ。そいつらにこの町を隅々まで掃除してもらえばいい話だ」そのあと太い黒々とした眉《まゆ》をつり上げ、しかめ面で語気を荒らげた。「おい、同志モリス！　おまえの態度は前々から気に入らなかった。弱虫のくせに偉そうなことばかり抜かしやがって、ほかのやつらまで怖気《おじけ》づかせようとする。同志モリス、ひとたび議題に名前が挙がれば、無事では済まないのは知ってるな？　時間の問題かもしれないぜ。そろそろ会議にかけようかと考えてたところなんでね」

たちまちモリスは真っ青になった。膝《ひざ》の力が抜けたのか崩れ落ちるように着席すると、震える手でグラスを持ちあげ、からからになった喉《のど》に一口流しこんでから言った。

「支部長、そして同志諸君、差し出がましいまねをしたのならお詫《わ》びします。わたしは誓って忠実な団員です。取り返しのつかない事態になっては大変と、支部のためを思ってあのように申しましたが、支部長のご判断に勝るものはございますまい。支部長、今後は口を慎みますので、どうかご寛恕《かんじょ》を」

モリスのへりくだった態度に、支部長のしかめ面がゆるんだ。「いいだろう、同志モリス。おれとしても、おまえを懲らしめるのは気が重いからな。ただし、おれがこの議長の座にいるうちは、支部は意思のうえでも行動のうえでも一致団結して事に当たる。さてと、諸君」マギンティはいったん言葉を切って、一同を見回した。「話の続きに戻るが、おれの考えはこうだ。スタンガーをあの世へ送っちまうと、まわりを必要以上に刺激することになる。記者ってのは横のつながりが太い。州内じゅうの新聞がでかでかと書き立てて、警察や軍隊までもが動きだす騒ぎになりかねん。今回はきつい警告を与える程度にしたほうがいい。同志ボールドウィン、やってくれるな？」

「待ってました！」若者は張り切って答えた。

「何人連れていく？」

「六人ほど。入り口の見張りも二人。ガウアにマンスル、スキャンラン、あとはウィラビー兄弟にも来てもらいます」

「おれはさっき、新しい同志に出番をやると約束したんだが」議長が言う。

ボールドウィンはマクマードを見やった。その恨みがましい目つきで、例の一件を忘れてはいないし、許してもいないのだとわかる。「本人が来たけりゃ来るがいい」つっけんどんな口調だ。「これで人はそろったから、出発だ。早いに越したことはない」

散会になった。一同は雄叫《おたけ》びをあげ、奇声を発し、酔った勢いで放歌した。ほとんどの団員はまだ客でにぎわっている酒場へ移動したが、任務を命じられた一行は通りへ出て、人目につかないよう二、三人ずつに分かれて歩道を進んだ。夜気は刺すような冷たさで、凍《い》てつく星空に半月が輝いていた。高い建物と向き合った広場まで来ると、彼らは足を止めてひとかたまりになった。明かりのともった窓と窓のあいだに、〝ヴァーミッサ・ヘラルド〟の金文字が見え、内部から印刷機の稼働音が聞こえてくる。

「おい」ボールドウィンがマクマードに向かって言う。「おまえは入り口で通りを見張ってろ。アーサー・ウィラビーも一緒だ。残りの者はおれについて来い。なあに、心配するな。この時刻、おれたちをユニオン・ハウスの酒場で見たと証言してくれるやつが十人はいる」

じきに真夜中になろうとする頃で、通行人は家へ帰る酔客が一人、二人いるくらいだった。一団は通りを渡って新聞社のドアを開け、ボールドウィンを先頭に正面の階段を駆けあがった。マクマードともう一人の見張り役は戸口で待機する。階上から怒鳴り声と悲鳴が聞こえ、床に響く重い足音や椅子の倒れる音がそれに続いた。その直後、逃げだしてきた白髪の老人が階段の踊り場に現われた。が、あっという間につかまって、吹き飛んだ眼鏡がマクマードの足もとに落ちた。人がどさっと倒れる音と苦しげなうめき声。うつぶせになった老人に六本の棒が一斉に振り下ろされる。老人は苦痛に身もだえし、痩《や》せ細った長い手足を痙攣《けいれん》させた。ほかの仲間が手を止めても、ボールドウィンだけは残忍な笑いを浮かべて殴り続けた。老人は両腕で頭を守ろうとするが、その甲斐《かい》もなくめった打ちにされ、白髪が血しぶきに赤く染まる。見かねたマクマードは階段を駆けあがり、犠牲者に覆いかぶさって腕の隙間を容赦なく執拗《しつよう》に殴りつけているボールドウィンを押しのけた。

「死んじまうぞ！　棒を捨てろ！」

ボールドウィンは怒りの形相で言った。「ちくしょう、邪魔しやがって！　新入りの分際で生意気な！　そこをどけ！」ボールドウィンは棒を振りあげたが、マクマードが尻《しり》ポケットから拳銃《けんじゅう》を抜くほうが早かった。

「どくのはおまえのほうだ！　おれに手出ししてみろ、顔を吹き飛ばしてやる。おれは新入りだが、支部長の命令は覚えてるぞ。殺すなと言ったはずだ。おまえのやってることはどこから見ても殺しじゃないか」

「そいつの言うとおりだ」仲間の一人が賛同した。

「おい、まずいぞ！　急げ！」階下で見張りが叫ぶ。「まわりの住人が起きだした。窓に明かりがついてる。五分もしないうちに町じゅう大騒ぎだ」

通りで早くも誰かの叫び声が響き、一階のホールでは植字工と印刷工が集結して、勇気ある行動を起こそうとしていた。無法者たちは動かなくなった老編集長を置き去りにして階段を駆け下り、大慌てで逃げ去った。ユニオン・ハウスに着くと、何人かはマギンティの酒場に戻って客の群れにまぎれ、仕事は無事に済んだとカウンター越しに親分に耳打ちした。マクマードを含む残りの者たちはいったん路地へ逃げこんだあと、回り道してそれぞれの家へ帰った。

第四章　恐怖の谷

翌朝、マクマードは目覚めるなり支部の一員となったことをいやおうなしに思い起こさせられた。二日酔いで頭痛がするわ、焼き印を押された腕が腫《は》れてひりつくわで、身体のあちこちが悲鳴をあげていた。なにを隠そう彼には特別な収入源があったから、もともと仕事には行ったり行かなかったりだった。この日も遅い朝食をとり、午前中は部屋で友人に長い手紙を書いて過ごした。それが済むと、ヘラルド紙を手に取った。締め切り間際に滑りこませたとおぼしき特別寄稿欄の見出しが目に飛びこんできた。

ヘラルド社、暴漢に襲撃される——編集長は重傷

書き手よりもマクマードのほうが詳しく知っている事件を短く述べた記事で、次のような所見でしめくくられている。

目下、警察が捜査にあたっているが、過去の例を見れば成果は期待できない。
一味の数名は身元を特定できているため、有罪判決を勝ち取る見込みは残ってい
る。言うまでもないが、暴漢を送りこんだのは長年この地域に責め苦を負わせてい
いる悪名高い組織である。ヘラルド紙はこれまで当組織を、断固たる姿勢で糾弾
してきた。スタンガー氏は激しい暴行を受けて頭部に大怪我をしたが、命に別状
はない。多くの友人にとってなによりの朗報であろう。
記事の下に付記として、ウィンチェスター銃で武装した鉱山警察がヘラルド社を警護中であるとの旨が書かれていた。

マクマードは新聞を置くと、前夜の深酒がたたってまだ震えている手でパイプに火をつけようとした。そのときドアにノックの音がして、下宿の女主人が彼宛の手紙を持ってきた。今し方、どこかの子供が届けにきたそうだ。署名は入っていない。

お伝えしたいことがあります。ご自宅にうかがうのは避けたほうがよろしいかと思いますので、ミラー・ヒルの旗竿《はたざお》の下でお待ちしています。すぐにお越しいただければ、貴殿にとっても当方にとっても重要な話し合いが持てるでしょう。

予期せぬ出来事に驚いて、二度読み返した。内容にはまるで見当がつかないし、差出人にもてんで心当たりがない。書いたのが女性なら、以前はしょっちゅう楽しんでいた色恋沙汰《ざた》の気配を感じただろうが、この筆跡は明らかに男の、それもかなり教養のある人物のものだ。しばらく迷ってから、じかに自分の目で確かめようと決心した。

ミラー・ヒルは町の中央にある荒れ果てた公園だ。夏は行楽地になるが、冬のあいだはまったくと言っていいほど人けがない。丘の頂上からは煤《すす》けたようなごちゃごちゃした町並みのほか、鉱坑と工場が雪を黒く汚して点在する曲がりくねった谷や、その両側にそびえる森と雪に覆われた山脈をも一望できる。

マクマードは常緑低木の垣根づたいに、蛇行する小道をゆっくり登っていった。やがて、夏はにぎやかなのにいまは誰もいないレストランが見えた。その脇の旗がない旗竿の下に、コートの襟を立て、帽子を目深にかぶった男が立っている。男が振り向いた瞬間、昨夜の集会で支部長の逆鱗《げきりん》に触れた同志モリスだとわかった。まずは二人のあいだで支部の合図が交わされた。

「どうしても話したいことがあってね、マクマード君」年上の男がためらいがちに切りだしたところを見ると、難しい立場にあるようだ。「来てくれて助かったよ」

「なぜ手紙に名前を書かなかったんです？」

「用心のためだよ、きみ。こういう場合はなにが原因で足をすくわれるかわからんからな。信頼できる人間とできない人間を正確に見分けられる者などいやしない」

「支部の仲間なら間違いないんだろう？」

「いいや、そうとは限らんのだよ、きみ」モリスの口調が一段と真剣みを帯びた。「だからわれわれがなにを言ったかはむろんのこと、なにを考えてるかまで、全部あのマギンティの耳に入るようだ」

「おいおい、待ってくれ！」マクマードがむっとした顔つきになる。「おれがゆうべ支部長に忠誠を誓ったばかりだってことは知ってるだろう？　それを破れってのか？無理に決まってる」

「きみがそう思うなら、話はこれでおしまいだ。わざわざ呼びだして済まなかったな。しかしまあ、二人の自由な市民が考えを互いに伝え合うこともできないとは、なんとも不自由なものだ」モリスは悲しげに言った。

仲間の様子をじっと見ていたマクマードは、いくぶん態度を和らげた。「さっきのは独り言みたいなもんだよ。知ってのとおりおれは新参者だから、右も左もわからない。まだ自分の意見を言える立場じゃないんだ。だけどモリスさん、そっちに話したいことがあるなら聞かせてもらうよ」

「どうせあとでマギンティ親分に告げ口するんだろう？」モリスが苦々しげに言う。

「見損なってもらっちゃ困るな」マクマードはむきになって言い返す。「支部に忠誠を尽くそうってのは本心だから、あんたにもそれを正直に伝えた。だけど仲間が内緒で打ち明けたことを別のところでぺらぺらしゃべるほど、おれはおちぶれちゃいないぜ。ちゃんと秘密は守る。ただし、はっきり言っとくが、あんたに味方したり手を貸したりするつもりはないからな」

「そんなことまで期待しちゃいないよ」とモリス。「きみに打ち明けた時点でこっちは命を預けたも同然になるわけだが、しかたあるまい。きみはまっとうな人間じゃないが――ゆうべの印象だと極悪人気取りだったな――新顔であることに変わりはないから、ほかの連中ほど良心が麻痺《まひ》してはいないだろう。そう見込んで、きみに話そうと思った」

「で、どんな話なんだ？」

「裏切ったら、天罰が下るぞ」

「秘密は守るとさっき言ったろう」

「だったら訊《き》くが、シカゴで自由民団に入って慈善と忠誠の誓いを立てたとき、そのために犯罪に手を染めることになるのをちょっとでも予想できたか？」

「昨夜のあれを犯罪と呼ぶとはね」

「犯罪に決まってるだろう！」モリスは激しい怒りに声を震わせた。「ちがうと思ってるなら、きみの目は節穴だ。きみの父親くらい年取った老人が白髪を血で真っ赤に染めるほど殴られたんだぞ。まぎれもない犯罪ではないか。ほかにどんな呼び方があるというんだ？」

「闘争と呼ぶやつもいるだろうな」マクマードが答える。「二つの階級間の、それぞれが全力で臨む闘争さ。だから互いに容赦しない」

「ほう、シカゴの自由民団に入ったときもそこまで考えてたのか？」

「いや、実を言うと、そんなこと思いもしなかった」

「わたしもフィラデルフィアで入団したときはそうだった。ただの共済会で、仲間同士が集う場に過ぎなかったからな。それが、この土地のことを聞いたばっかりに――聞かなきゃよかったとなんべん悔やんだことか――少しでも生活が楽になればとここへ移ってきたんだ。そうとも、生活のためだったんだ。もっといい暮らしができると思いこんでた。

　妻と三人の子供も一緒に連れてきた。マーケット・スクエアに衣料品店を出して、商売は繁盛した。ところが、わたしが自由民団に属してるって噂が広まると、支部に強制的に入らされ、ゆうべのきみと同じ目に遭った。腕に醜い焼き印を、心には不名誉きわまりない焼き印を押されたんだ。気がつけば、悪党に命じられるまま犯罪にどっぷり浸《つ》かってた。まったく、どうすりゃいいんだ？　支部のためを思って発言しても、昨晩のように裏切り者扱いされる始末。かといって、店に一切合切を注ぎこんでるから、どこかへ逃げるわけにもいかない。支部を抜ければ命がないのはわかってるし、妻や子供までもが身の危険にさらされる。ああ、お先真っ暗だ！　こんな――こんな恐ろしいことになるとは！」モリスは両手に顔をうずめ、ぶるぶる震えながらむせび泣いた。

「あんたのやわな性格じゃ、こういう仕事は無理だったんだよ」そう言ってマクマードは肩をすくめた。

「昔のわたしには良心も信仰もあった。そういう人間をやつらは無理やり仲間に引き入れ、自分たちと同じ悪党に変えたんだ。掃除屋の仕事をやらせるって手段でな。無理だと断れば、どういう目に遭うかはわかってた。意気地なしと呼びたきゃ呼ぶがい い。妻と子供のことを考えたら、怖くていやとは言えなかった。だからおとなしく目的地へ向かったよ。あのときの記憶は一生わたしにつきまとうだろう。

ここから二十マイル離れた、山の向こうの寂しい場所に建つ一軒家だった。わたしが命じられたのは昨晩のきみと同じ戸口の見張り役だ。実行役を任せるほど信頼してなかったんだろう。ほかのやつらはなかへ押し入り、出てきたときは手首まで真っ赤に染まってた。立ち去ろうとすると、追いかけてくるように家のなかで子供の泣き叫ぶ声がした。まだ五つかそこらの男の子が、目の前で父親を殺されたんだ。わたしはショックで気を失いかけたが、にやにや笑って平気なふりをした。そうしなければ、次に連中が手を血に染めて出てくるのはわたしの家で、父親の死体を見て泣き叫ぶのはうちのフレッド坊やってことになるからだ。

それを境にわたしは犯罪者になった。殺人の共犯者にな。この世だけでなく死んだあとも、永久に荒野をさまよい続けるだろう。敬虔《けいけん》なカトリック教徒だったが、スコウラーズの一員だとわかってから神父は口もきいてくれなくなった。破門というわけだ。情けない話だよ。いまのきみはわたしと同じ轍《てつ》を踏もうとしている。転げ落ちた先になにが待ってるか、わかるかね？　このまま血も涙もない殺人者になるつもりか？　どうにかしてそれを食い止めることはできんのか？」

「そういうあんたはどうするんだ？」マクマードがだしぬけに訊いた。「殺しを密告するつもりか？」

「まさか！」モリスが恐ろしげに言う。「そんなことは考えるだけでも命が危ない」

「それならいいが。あんたはほんとに気が弱いな。そんなにくよくよして、考えすぎなんじゃないか？」

「考えすぎだと！　この土地に長く住めば、きみにもわかるはずだ。見るがいい、あの谷を！　何百もの煙突からもくもくと上がる煙で暗く陰ってるだろう。いいか、住人の頭上はあれよりもっと黒くて厚い殺戮《さつりく》の雲に覆われてるんだ。ここは恐怖の谷―

—死の谷。陽が沈んでから夜が明けるまで、人々は恐怖におびえなきゃならん。きみもじきに身をもって知るはずだ」

「とにかく、おれの考えを話すのはもう少し様子を見てからだな」マクマードはそっけなく言った。「ただ、あんたがこの土地に向かないってことははっきりしてる。できるだけ早く店をたたんだほうがいい——一ドルの商品を十セントに値下げしてでも残らず売り払ってな。ここで聞いたことは誰にも口外しないから安心しろ。いや、待てよ！ ひょっとしてあんたのほうが密告——」

「まさか！ そんなことするわけないだろう！」モリスが哀れっぽく訴える。

「そうかい、だったらいい。あんたの話は心に留めておこう。いずれ思い出すときが来るかもしれない。親切心から教えてくれたことなんだろうからな。さて、そろそろ帰らせてもらうぜ」

「その前にあとひとつだけ」モリスが引き止める。「こうして会ってるところを誰かに見られたかもしれん。もしそうなら、なにを話してたんだとしつこく訊かれるだろう」

「なるほど、そうだな」

「だから、うちの店員にならないかときみを誘ったことにする」

「が、おれは断った。これが二人で会った用件だ。じゃあな、同志モリス。今後の人生がうまくいくよう祈ってるよ」

その日の午後のことだった。マクマードが下宿の居間のストーブのそばで煙草をふかしていると、ドアがいきなり開いて、巨漢のマギンティ親分が入り口いっぱいに立ちふさがるようにして現われた。彼は支部の合図を交わしてからマクマードの向かいに腰を下ろし、相手をじっと見た。マクマードも視線をそらさずまっすぐ見つめ返した。

「おれのほうから訪ねるのは珍しいことなんだぜ、同志マクマード」親分がようやく口を開いた。「訪ねてくる客の相手で毎日忙しいからな。だが、ちょいと足を伸ばして、おまえさんのねぐらに寄ってみようって気になってな」

「ご足労いただき感謝します、議員さん」マクマードは殊勝げに言い、戸棚からウィスキーを持ってきた。「身に余る光栄です」

「腕の具合はどうだ？」

「まあ、痛みが気にならないわけじゃないが」マクマードは顔をしかめて見せた。

「我慢するだけの価値はありますからね」

「ああ、あるとも」親分が言う。「支部に運命を預けた、支部に忠実な支部のためになる人間にとってはな。今朝、ミラー・ヒルで同志モリスとなにを話した？」

唐突な質問だったが、答えを用意しておいたことが功を奏した。マクマードは平然と大声で笑いながら説明した。「おれが部屋にいながらけっこう稼いでることをモリスは知らなかったんですよ。知らせるつもりもありませんがね。ああいう堅物はどうもうっとうしくて。親切な人だとは思いますよ。おれが定職もなくぶらぶらしてると思って、自分とこの衣料品店で働かせてやろうかと言ってくれたんです」

「ほう、それだけの話か」

「ええ、そうです」

「で、断ったんだろう?」

「もちろんですよ。自室で四時間ばかり作業すりゃ、店員の給料の十倍は稼げるんですから」

「それならいい。だが、モリスにはあまり近づくなよ」

「なぜです?」

「おれがそう言ってるからってことで充分だろう。このへんじゃ、それでたいていの連中には通じるんだぜ」

「たいていの連中にはそうでも、おれにはなんのことやらさっぱり。議員さんは人を見る目があるんだから、それくらいわかりそうなものですがね」マクマードは図太く言い張った。

浅黒い大男はマクマードをにらみつけ、グラスを持つ毛深い手にぐっと力をこめた。

相手の頭めがけてグラスを投げつけるつもりかと思いきや、突然わざとらしく荒々しい笑い声を放った。

「まいった、まいった。変わったやつだな、おまえは。そんなに理由を知りたきゃ教えてやるよ。モリスは支部の悪口を言わなかったか？」

「いいや」

「おれの悪口は？」

「いいや」

「じゃあ、おまえを信用できなかったんだろう。だがあいつ、本当は支部に忠実な同志なんかじゃない。それくらい、こっちは先刻お見通しだ。で、ずっとあいつに目をつけて、お仕置きの機会をうかがってるわけよ。おれたちの組織に腐った林檎《りんご》はいらねえ。ああいう裏切り者とつきあってると、おまえまで裏切り者だと思われるぞ。そういうことだ。わかったな？」

「誰がつきあうもんか。おれはあの男が嫌いなんだ」マクマードが反論する。「それより、裏切り者とはとんだ言いがかりだな。相手があんたじゃなかったら、こてんぱんにやっつけてるところだよ」

「そうか、それならいい」マギンティは酒を飲み干した。「この機会に一言注意しておこうと思ってきたんだが、どうやらわかってもらえたようだな」

「ちょっと訊《き》きたいんだが、おれがモリスと話してたことをどうしてご存じなんで？」

マギンティは笑った。「この町で起きてることは残らず知っておくのがおれの仕事なんでね。なにがあろうと必ずおれの耳に入るってことを忘れるなよ。さて、これで用は済んだ。そろそろ引き揚げ——」

が、暇乞《いとまご》いの最中《さなか》に突如大きな音が響いて、ドアが乱暴に開いた。現われたのは警察官三人で、制帽の下から断々固たる険しい顔で室内の二人をにらみつけた。マクマードはさっと立ちあがり、拳銃《けんじゅう》を抜きかけたが、二挺《ちょう》のウィンチェスター銃で頭に狙いをつけられているのに気づいて手を止めた。制服姿の男が一人、六連発の拳銃を手に室内へ入ってきた。以前はシカゴの警官、現在は鉱山警察に所属するマーヴィン署長だった。彼はかぶりを振って、薄ら笑いの浮かんだ顔でマクマードを見た。

「いずれ面倒を起こすだろうと思ってたんだよ、シカゴの詐欺師マクマードさん」マーヴィンが言う。「やっぱり悪事に走らずにいられなかったわけか。さあ、帽子をかぶれ。連行する」

「あとでたっぷり礼をさせてもらうぜ、マーヴィン署長」マギンティが横から言った。「他人の家にいきなり踏みこんできて、法律をきちっと守ってる真っ正直な男をしょっぴくとは、いったいどういう料簡だ？　わかるように説明してもらおうじゃねえか」

「マギンティ議員こそ、でしゃばってもらっちゃ困りますな」とマーヴィン。「あなたじゃなくて、このマクマードって男に用があって来たんだ。邪魔する暇があるなら、市民として協力したらどうなんです？」

「マクマードは友人だ。こいつのやったことはおれが責任を取る」親分が言う。

「マギンティさん、あなたにはご自身のやったことについて近々責任を取ってもらいますよ」マーヴィン署長は言い返した。「マクマードはここへ来る前から悪党だった。いまだに心を入れ替えてないってわけだ。おい、巡査たち、こいつの武器を取りあげるから、銃を向けてろ」

「おれの拳銃ならそこだ」マクマードは淡々と言った。「マーヴィン署長、ほかに誰もいない場所でのさしの勝負だったら、こんなふうにおとなしくつかまってやるつもりはなかったんだぜ」

「逮捕状はどうした！」マギンティが食ってかかる。「くそっ！　ヴァーミッサの警察がおまえのような野郎に牛耳られてるなら、ロシアに住んでるのも同じじゃねえか。これは資本家の横暴だ。おれがこのまま引き下がると思ったら大間違いだぞ」

「あなたにはあなたの務めが、こっちにはこっちの務めがある。お互い、自分の仕事に精一杯励もうじゃないですか、議員さん」

「おれの容疑はなんだ？」マクマードが口を開く。

「ヘラルド社でスタンガー編集長に暴行を加えたかどだ。殺人容疑にならずに済んだのは運が良かったからに過ぎん」

「なんだ、その事件か」マギンティが笑いだす。「だったらこの男を逮捕したって無駄だぜ。とっとと手ぶらで帰りな。昨夜、おれはうちの酒場でこいつとずっと一緒にいて、真夜中までポーカーをやってたんだ。証人はほかにも十数人いる」

「あなたの話を鵜呑《うの》みにする気はないんでね。明日、法廷でそう主張してみてはどうです？　行くぞ、マクマード。銃で頭をかち割られたくなかったら、おとなしくついて来い。マギンティさん、そこをどいてもらえませんかね。公務執行妨害で引っ張ってもいいんですよ」

　署長が一歩も譲らない態度なので、マクマードもマギンティ親分も矛を収めるしかなかった。連行されていく子分にマギンティは隙を見て耳打ちした。

「あれはどうした？」贋金《にせがね》づくりの道具のことだとわかるよう親指を上げて見せる。

「心配ない」マクマードが小声で返す。万が一に備えて床下に隠し場所をこしらえてあった。

「じゃあ、しばしの別れだ」親分は握手を求めた。「弁護士のライリーに相談して手を打つ。あとは任せておけ。必ず釈放されるから、安心しろ」

「果たしてそうかな？　おい、おまえたち二人で容疑者を見張ってろ。妙なまねをしたら撃っていい。おれは引き揚げる前にこいつの部屋を調べる」

結局、隠しておいた贋金づくりの道具はマーヴィンに見つからずに済んだ。彼は二階から下りてきて、部下たちとともにマクマードを署へ連行すべく外へ出た。すでに日が暮れて真っ暗なうえ、ひどい吹雪だったので、人通りはごくわずかだった。それでも数人が暗闇にまぎれて寄り集まり、囚《とら》われの身となった男を口々にののしった。

「スコウラーズのやつは私刑《リンチ》だ！　そいつを殺《や》っちまえ！」怒号が響く。彼らはマクマードが署の入り口に消えるまで嘲笑《ちょうしょう》と罵倒《ばとう》を続けた。

担当警察官による短い形式的な取り調べのあと、マクマードは雑居房に入れられた。そこには先客がいて、前夜に行動をともにしたボールドウィンを含む四人の仲間と再会することとなった。四人はその日の午後に逮捕され、一足先にここで明朝の裁判を待っていたわけだ。

しかし、自由民団の強大な影響力はこの法律の要塞《ようさい》をもやすやすと通り抜けたのである。その晩遅く、雑居房へ寝床用の藁束《わらたば》を運んできた看守が、そこからウイスキー二本とグラス数個、さらにカード一組を取りだした。そうして五人は翌朝に控えている裁判のことはまるで心配せず、一晩中浮かれ騒いだのだった。

心配無用だったことは結果から明らかだ。治安判事が本件を上級裁判へ送るに充分な証拠はそろわなかったのである。まず、目撃者の植字工や印刷工は犯行現場が薄暗かったとの見解へ誘導された。さらに被告人全員が、犯人だと確信していたにもかかわらず、気が動転していたので襲撃者たちの顔をよく覚えていないと強引に認めさせられた。マギンティの雇った腕利き弁護士による反対尋問がそこに追い討ちをかけ、目撃証言の信憑性《しんぴょう》は著しく損なわれた。

それより前に提出された被害者の証言は、なんの前触れもなく突然襲われたので、はっきり見えたのは最初に殴りかかってきた男が口ひげを生やしていたことくらいだが、スコウラーズの一味に決まっている、というものだった。その根拠として、ほかに恨みを買うような相手はいないこと、歯に衣着《きぬ》せぬ社説に対してスコウラーズから再三脅されていたことを挙げた。

一方、地元の名士であるマギンティ議員以下六人は断固たる態度で、当夜の被告人たちは事件発生時刻のたっぷり一時間後まで、客の大勢いるユニオン・ハウスでカードを楽しんでいたと証言し、いずれの内容にも足並みの乱れは一切なかった。いかなる幕引きとなったかは言わずもがなだろう。判事からの謝罪に近いねぎらいの言葉とともに、被告人たちは釈放された。対照的にマーヴィン署長ほか警察の面々に向けられた言葉は、暗に見切り発車と勇み足をとがめるものだった。

マクマードから見ても顔なじみが大勢集まった法廷は、無罪判決に盛大な拍手を送った。支部の同志たちは笑顔で手を振っている。その一方で、被告席から出てきた連中を恨めしげに、唇をぎゅっと結んで見送る者たちもいた。そのうちの一人で、黒い顎《あご》ひげのある、小柄だが闘争心みなぎる男は、元被告人たちが目の前を通り過ぎていくとき、彼自身だけでなく仲間の本音でもある言葉を口にした。

「人殺しどもめ！　いまに見ていろ！」

第五章　最大の苦難

支部でのジャック・マクマードの人気は、逮捕に続く無罪放免によって拍車がかかり、まさに頂点へ登り詰めた感があった。治安判事の前へ引きだされるようなことを入団したその日の晩にやりおおせ、支部の記録を塗り替えたのだから、当然の成り行きといえよう。

もともと、愉快な仲間で陽気な酒好き、そのうえ絶大な力を持つ親分が相手でも侮辱されれば立ち向かっていく気骨のある男として評判だった。これに加えて、無慈悲な悪事をこともなげに企てる頭脳と、それを確実に成し遂げる手腕の持ち主という、非常に得難い人物であると仲間たちに印象づけた。「あの若者は掃除屋向きだぞ」年長者たちはそう言い合って、マクマードを抜擢《ばってき》する機会を待ちわびた。

マギンティも手持ちの駒は充分そろえていたが、新入りの男を希少な逸材と認めるにやぶさかでなかった。獰猛《どうもう》なブラッドハウンド犬がそばに控えているも同然なのだから、心強いことこのうえない。雑多な仕事は駄犬どもにやらせ、いつかここぞというときにブラッドハウンド犬を獲物に飛びかからせる腹積もりだった。その一方で、テッド・ボールドウィンを含む数人の同志は新入りの株が急上昇したのをよしとせず、憎悪の炎を燃やしたが、喧嘩《けんか》っ早い相手だとわかっているので手出しはしなかった。

このように支部での評判は上々のマクマードだったが、彼にとって大切になっていくばかりの方面では逆に評判が落ちた。エティ・シャフターの父親は彼を徹底的に避けるようになり、自宅への出入りも禁じた。エティはもう引き返せないほど彼を深く愛していたが、良識の持ち主ゆえに犯罪者と見なされている男との結婚に戸惑いを感じずにはいられず、将来への不安で心は揺れ動いた。

そうして眠れない夜を過ごしたエティは、ある朝、思い切って彼に会ってみることにした。きっとこれが最後になるだろうから、邪悪な波にのみこまれようとしている彼をなんとかして救うため、精一杯努力しなければ。その覚悟を胸に、ぜひ訪ねてきてくれと彼から幾度も誘われていた下宿へ出かけていった。居間に使われている部屋へ入ると、マクマードは背中をこちらに向けてテーブルの前で手紙を書いているところだった。ふと、エティにいたずら心が湧いた――まだ十九歳の娘なのだから無理もない。どうやら彼はドアの開く音に気づかなかったようなので、エティは爪先《つまさき》立って静かに近づき、後ろから恋人の両肩に軽く手を置いた。

彼をびっくりさせるところまでなら、いたずらは成功だったが、そのあとの予想だにしない出来事に今度はエティのほうが仰天した。マクマードは左手で目の前の手紙を握りつぶすが早いか、エティに向かって虎のごとく飛びかかり、右手で喉《のど》をつかみかけたのだ。

一瞬、彼はぎらぎらした目で立ちつくした。その殺気立った荒々しい顔は穏やかな生活を送ってきたエティが初めて目にするもので、身がすくんでしまうほど恐ろしかったが、すぐにかき消えて驚きと喜びの表情に変わった。

「きみだったのか！」マクマードが額の汗を拭《ぬぐ》う。「愛《いと》しい人、まさか来てくれるとは思わなかったよ。せっかく会えたのに首を絞めようとするなんて、おれはどうかしてる。さあ、こっちにおいで」両手を広げて招く。「本当にすまなかった」

そう言われても、彼の顔にちらりと浮かんだ決まり悪そうな不安の色はまだエティの脳裏から消えなかった。あれは驚いただけの反応ではないと直感で悟った。罪悪感――間違いない。罪悪感のせいで不安に駆られているのだ。

「どうしたの、ジャック？　なにをおびえてるの？　後ろめたくなかったら、あんな目でわたしを見たりしないはずよ！　そうでしょう、ジャック？」

「いろいろと考え事をしてたんだよ。そこへきみが妖精《ようせい》みたいにそっと近づいてきたから――」

「いいえ、それだけじゃなかったわ」エティの胸にふっと疑念が湧いた。「どんな手紙を書いてたのか、見せてちょうだい」

「だめだ、エティ。それはできない」

その瞬間、疑念が確信に変わった。「ほかの女性に出す手紙なのね。きっとそうよ！」エティは興奮して叫んだ。「でなかったら隠すはずない。相手は奥さん？　あなた、結婚してるの？　そうだとしても、わたしにはわかりっこないものね。ここには誰も知り合いがいないよそから来た人だったから」

「結婚なんかしてないよ、エティ。本当だ、信じてくれ。おれにはきみしかいない。キリストの十字架にかけて誓うとも！」

青ざめた顔で必死に訴える彼を見たら、信じないわけにはいかなかった。

「でも、手紙を見せてくれないのはなぜなの？」

「誰にも見せないと約束したからだよ。きみとの約束を破りたくないのと同じで、手紙の相手との約束も守りたい。それに、これは支部に関する件だから、きみにも絶対に秘密なんだ。さっきみたいに突然肩に手を置かれれば、刑事かと思ってぎくりとするのは当然だろう？」

嘘は言っていないとエティは感じた。マクマードは両腕でエティを抱き寄せ、口づけで不安と不信感を拭い去った。

「さあ、ここにおかけ。女王の玉座と比べれば見劣りがするが、きみの貧しい恋人の城では一番上等なんだ。早くもっといい椅子を用意してあげたいと思ってるけどね。どうだい、もう安心したろう？」

「安心なんかできっこないわ、ジャック。あなたが悪党たちの仲間になっていて、いつまた殺人の罪で法廷へ引きだされるかわからないのに。昨日もうちの下宿人が、〝スコウラーズのマクマード〟と呼んでたのよ。その言葉に心臓を刺し貫かれる思いがしたわ」

「悪口なんか気にするな」

「でも、本当のことだから」

「きみが考えてるほど悪い連中じゃないんだ。おれたちなりのやり方で貧しい者の権利を要求してるだけさ」

エティは恋人の首にすがって懇願した。「ジャック、やめて！　わたしのためにも、あの人たちとは縁を切ってちょうだい。今日はそれを言いたくて来たの。このとおり、ひざまずいてお願いするわ。あなたがやめると言ってくれるまで、いつまでだってこうしてる」

マクマードはエティを立たせて、彼女の頭を優しく胸に引き寄せた。

「それはね、無理な注文というものだよ。誓いを破ったうえに仲間を見捨てることなんか、できっこないだろう？　おれの立場がわかってれば、きみもそんなことは言わないはずだ。だいいち、たとえ支部を抜けたいと思っても抜けられない。秘密を全部知ってる男を連中があっさり解放してくれるわけないからね」

「わたしだってそれくらいわかってるわ、ジャック。だからいい方法がないか考えてみたの。ねえ、こうしてはどう？　父にはいくらか貯金があるし、悪人たちの影におびえる生活にうんざりしてるから、この土地に未練はないはずよ。三人でフィラデルフィアかニューヨークへ逃げましょう。そうすればきっと安全よ」

マクマードは笑った。「支部を見くびっちゃいけない。フィラデルフィアやニューヨークまで行けばもう放っておいてもらえると、どうして確信できるんだい？」

「じゃあ、西部は？　イギリスとか、父の故郷のドイツでもいいわ――この恐怖の谷から遠く離れた場所ならどこでも！」

マクマードは同志モリスを思い起こした。「そういえば、ここが〝恐怖の谷〟と呼ばれるのを聞いたのは二度目だな。頭の上に覆いかぶさってる影はそれだけ大きいってことなんだろう」

「そうよ。ずっと暗闇で暮らしてるようなものだわ。あのテッド・ボールドウィンだって、わたしたちのことを本心から許してるかどうか怪しいでしょう？　彼があなたを恐れてなかったら、どうなってたかしら。いまでも気味の悪い飢えた目つきでわたしを見るのよ。ぞっとするわ！」

「ちくしょう！　おれが居合わせてたら、そういう行儀の悪い野郎にはたっぷり焼きを入れてやったんだがな！　とにかくエティ、おれはこの土地を離れられない。どうしても無理なんだ。当分おれの思うとおりにやらせてくれれば、堂々とここを出ていけるようにするよ」

「堂々とだなんて、そんなことにこだわってる場合じゃないのに」

「まあまあ、そう言わずに。あと半年だけ待ってくれないか？　胸を張って、誰にも気兼ねなく出ていけるようにしてみせる」

エティは嬉《うれ》しそうに笑った。「半年ね？　約束よ！」

「そうだな、七、八カ月に延びるかもしれないが、遅くとも一年以内にはこの谷とおさらばしよう」

エティにとって望みどおりの収穫ではないにせよ、それまでのことを考えれば大きな前進にはちがいない。真っ暗闇の道で遠くに明かりを見つけた思いだった。そうして、ジャック・マクマードと知り合ってから一番軽やかな気分で父の待つ家へ帰っていった。

団員ならば、支部の出来事はすべて見聞きできそうなものだが、実際にはそうではないとマクマードはじきに気づいた。組織は思っていたよりも規模が大きく複雑で、マギンティ親分でさえ知らないこともたくさんあった。というのも、谷のずっと下方にある鉄道沿いのホブスンズ・パッチに郡委員長なる肩書の人物がおり、彼がいくつかの支部を支配下に置いて、突然の独断的な命令で思うがままに動かしていたからである。マクマードは彼を一度だけ見たことがあった。半白のずる賢そうな小男で、こそこそと歩き、人を横目で見るときの表情は敵意に満ちていた。名をエヴァンズ・ポットという。彼に対してはヴァーミッサで絶対的な権力をふるう親分でさえ反感と恐れを抱いていた。マギンティを大男のダントンにたとえるなら、エヴァンズ・ポットは小柄だが残虐なロベスピエールということになろうか（ダントンとロベスピエールはともにフランス革命期に活躍した政治家で、前職は弁護士。同じジャコバン派に属したが、のちに対立し、ダントン一派はロベスピエールに粛清された）。

ある日、マクマードと同じ家に下宿するスキャンランがマギンティからの手紙を受け取った。そこにはエヴァンズ・ポットの手紙が同封されていた。後者の内容は、腕の立つ部下二名、ローラーとアンドルーズを任務のためそちらへ派遣することになったため、決行までくつろげる宿を適当に見繕ってほしい、任務の具体的な目的は差しさわりがあるので伏せる、というものだった。この依頼についてマギンティは、ユニオン・ハウスでは人目を引くから、マクマードとスキャンランの下宿で数日間面倒を見てやってくれと指示していた。

問題の二人はその日の晩に旅行鞄《かばん》を提げて訪ねてきた。年配のローラーは抜け目のない感じの無口な男で、古ぼけた黒いフロックコートにフェルトの中折れ帽、もじゃもじゃの灰色の顎《あご》ひげという姿が巡回伝道師を思わせた。連れのアンドルーズはまだ少年と言ってもいいほど若く、明るい無邪気な顔をして、休日を目一杯楽しもうと張り切っているかのように快活だった。二人とも酒は一滴も飲まず、実に行儀が良く、模範的な市民にしか見えないが、実際には結社きっての有能な殺し屋であることをこれまで何度も証明してきた。その種の任務をローラーは十四回、アンドルーズのほうは三回、成功させている。

マクマードは、彼らが過去の手柄を進んで話したがることに気づいた。しかも、謙《けん》遜《そん》気味ではあるが、世のため人のため無私の奉仕をしているのだと誇らしく思っているふしすらあった。ただし、間近に控えている任務については一切明かさなかった。

「おれたちが抜擢《ばってき》されたのは酒を飲まないからなんだ」ローラーは言い訳がましく言った。「酔って口を滑らせる心配がないってところを買われた。気を悪くしないでくれ。郡委員長の命令には従わなきゃならないんでね」

「いいんだ、お互い様だ」マクマードの相棒、スキャンランは言った。四人で囲む晩の食卓での会話である。

「すまんな。チャーリー・ウィリアムズ殺しでもサイモン・バード殺しでも、終わった件ならどれだけでも話してやれるが、これからやる仕事についちゃ、片付くまでしゃべるわけにはいかない」

「ここには一度とっちめてやりたいやつが五、六人いるんだ」マクマードがさも不快げに言う。「あんたらの標的はひょっとしてアイアン・ヒルのジャック・ノックスじゃないか？　だとしたら、やつが懲らしめられるところをこの目で見たいぜ」

「いや、そいつの番はまだだ」

「てことは、ハーマン・ストラウスか？」

「そいつでもない」

「まあ、無理に言わせるつもりはないが、できれば知っておきたくてね」

ローラーは笑って首を振っただけだった。その手には乗らない、ということだ。

結局、客人たちから訊《き》きだすことはできなかったが、スキャンランもマクマードも彼らの言う〝余興〟が実行されるときは、こっそりのぞいてやろうと決めた。

そんなわけで、ある日の早朝、階段を忍び足で下りていく音に気づくと、マクマードはスキャンランを揺り起こして二人とも急いで着替えた。身支度が済んで玄関へ向かったときには、客たちの姿はすでになく、ドアが開け放たれたままだった。夜明け前の通りへ出ると、はるか前方で二人組の後ろ姿が街灯に照らされていた。マクマードたちは音をたてないよう深い雪を慎重に踏みながらあとを追った。

下宿は町はずれに近い場所にあるため、少し進むと町の境界を越えた十字路が見えてきた。そこで三人の男が待っていた。ローラーとアンドルーズは彼らと合流して、しばらく何事か熱心に話し合ったあと、五人で歩き始めた。それだけの人数を要する厄介な仕事らしい。十字路からは別々の鉱山へと道が分かれているが、五人組が進んだのはクロウ・ヒル鉱山につながる道だった。その大会社を経営しているのはニューイングランド出身の精力的で豪胆なジョサイア・H・ダンという男だ。恐怖に支配されたこの土地で同社が秩序と規律を長く保ち続けてこられたのは彼のおかげといえよう。

　やがて空が白み始め、労働者たちがひとかたまりで、またはばらばらに、黒ずんだ道をのろのろと歩いていく。マクマードとスキャンランはその行列に交じって、五人を見失うまいと歩を進めた。あたりには濃い霧が立ちこめていたが、それを突き破るようにして突如汽笛が響いた。竪坑《たてこう》の昇降機が降下する十五分前、すなわち一日の始業を知らせる合図だった。

　竪坑の周囲の開けた場所まで来ると、百人あまりの労働者たちが寒さをしのごうと足踏みをしたり手に息を吐きかけたりしながら順番を待っていた。例の五人は機関室の陰で固まっている。スキャンランとマクマードは燃え殻のボタ山に登って、上から見張ることにした。間もなく機関室からメンジーズというスコットランド出身の大柄な技師長が現われ、昇降機を下ろす合図の笛を吹いた。

ちょうどそのとき、長身でたるんだ体形の、ひげを剃《そ》った真面目そうな若い男が坑口へ急ぎ足で向かった。途中、機関室の陰で静かにじっと立っている一団に目を留めた。五人とも顔を隠すように帽子を目深にかぶり、襟を立てている。若い男は不吉な予感を覚えてぞくりとしたが、すぐにそれを払いのけ、経営者としての責任感から見知らぬ侵入者たちのほうへ近づいていった。

「おまえたちは誰だ？」足を止めずに問いただす。「ここでなにをしている？」

返事はなかった。代わりに若いアンドルーズが銃を手に進みでて、相手のみぞおちへ一発撃ちこんだ。まわりの労働者たちは麻痺《まひ》したように動けなくなり、無力に立ちすくんでいる。経営者は傷口を両手で押さえ、前かがみになってよろけながら逃げようとする。すかさず二人目の殺し屋が発砲し、経営者はボタ山に横ざまに倒れて手足をひきつらせた。これを見たスコットランド人技師長のメンジーズは怒号とともにスパナをつかんで敵に飛びかかったが、顔面に弾を二発食らって息絶え、連中の足もとにばったりと倒れた。

ここでようやく一部の労働者が殺し屋めがけて押し寄せ、言葉にならない無念と憤りの声を上げた。しかし二人の賊が群衆の頭上へ六連発のリヴォルヴァーを空になるまで撃つと、一人残らず蜘蛛《くも》の子を散らすように逃げだした。なかにはヴァーミッサの自宅まで一目散に帰った者もいた。

一握りの勇気ある者たちが坑口へ引き返したときには、殺し屋集団は朝もやの向こうへ消えたあとだった。結局、二人の命が犠牲になったが、衆人環視のなかで起こったというのに、犯人一味の人相をはっきり説明できる者は一人もいなかった。

スキャンランとマクマードはその場から引き揚げた。スキャンランがしょげているのは、殺人を目撃したのはこれが初めてで、話に聞いていたような気楽な見世物ではなかったからだ。殺害された経営者の妻の悲痛な叫びが、急いで町へ戻っていく二人を追いかけてくるようだった。マクマードのほうは黙ったままじっと考えこんでいて、元気をなくした相棒を慰めようとする素振りはまったくなかった。

「これは戦争と同じなんだ」マクマードはそう繰り返した。「おれたちとあいつらの戦争さ。勝負所と見込んだら一気呵成《かせい》に攻めないとな」

その晩、ユニオン・ハウスの支部の部屋では飲めや歌えのどんちゃん騒ぎになった。クロウ・ヒル鉱山の経営者と技師長を始末し、その会社を地元のほかの会社と同様に震えあがらせて恐怖で押さえつけたのだ、めでたくないはずがない。それに加えて支部の団員たちがよその土地で勝利を収め、もうひとつ朗報を持ち帰ったのである。

今回の件に先立って、例の郡委員長は自分の優秀な部下五人にヴァーミッサで一仕事させるのと引き換えに、ヴァーミッサからも三名を秘密裏によこしてくれと要請してきていた。目的はギルマートン地区で誰よりも人望のある名高い鉱山主、ウィリアム・ヘイルズ殺害だ。スティク・ロイヤル鉱山を所有するヘイルズはあらゆる面において模範的な人物で、敵は一人もいないと思われていた。ところが、仕事の能率を重視して目に余る大酒飲みや怠け者の従業員を解雇したことにより、強大な組織を敵に回してしまった。首になった連中が自由民団の団員だったのだ。ヘイルズは自宅の玄関に棺桶《かんおけ》の絵を貼られるという脅迫にも決意を曲げなかった結果、文明化された自由の国で裁判も受けずに死刑を宣告されることとなった。

処刑は滞りなく執行された。一味を率いたのは、名誉ある支部長のそばの席でふんぞり返っているテッド・ボールドウィンだった。顔が赤く目が血走っているのは寝不足と酒のせいだろう。彼は二人の仲間と前夜を山中で過ごしたので、三人とも薄汚れただらしない恰好《かっこう》だったが、戻るなり仲間たちから熱狂的な歓迎を受けた。まさに英雄扱いである。

喝采《かっさい》や笑い声に囲まれて、主役たちは処刑の顚末《てんまつ》を微に入り細をうがって語り聞かせた。それによると、昨夜、標的が帰宅する途中を狙って、彼の乗った馬車が減速するにちがいない急坂のてっぺんで待ち伏せした。寒さをしのぐため毛衣にくるまっていたのがあだとなり、相手は拳銃《けんじゅう》に手を伸ばす間もなかった。襲いかかった三人組は彼を馬車から引きずり下ろして、銃弾を何発も見舞った。犠牲者は泣き叫んで命乞《いのちご》いをした。

「そいつがひいひい泣きわめいてるくだりをもういっぺん聞かせてくれや」仲間たちが面白がって言い、その場面が繰り返し語られた。

犠牲者のヘイルズを知っている者は誰もいないが、殺しは彼らにとって延々と続く最高の出し物だ。しかも、ヴァーミッサの団員は頼りになるとギルマートンのスコウラーズに証明して見せたことになる。

その任務中、ひとつだけ突発的な事態に遭遇した。絶命したヘイルズになおも銃弾を浴びせているとき、夫婦連れが馬車で通りかかったのだ。その二人も片付けちまおうと言いだす者もいた。だが鉱山とはなんの関係もない無害な夫婦だったので、このことを誰かにしゃべったら命はないぞと凄《すご》みを利かせてから通してやった。あとは厳格な鉱山主たちへの見せしめに血まみれの死体をその場に放置し、ずらかるだけ。有能な復讐者《ふくしゅう》三人組は速やかに山へ逃げこんだ。溶鉱炉とボタ山のすぐ上には未開の自然が広がっており、人に見つかる心配はまずない。かくして一味は手柄を立てて無事に帰還を果たし、仲間たちの熱烈な賞賛に酔いしれているのだった。

スコウラーズにとってはまことに喜ばしい日である。おかげで谷を覆う彼らの影はますます濃くなった。とはいえ、名将は二倍の戦果を得るため勝利の瞬間から次の作戦を練り、倒れた敵に立ちあがる間を与えまいとするもの。それを心得ていたマギンティ親分は冷酷なまなざしで戦局を見つめ、自分に逆らう者たちへの新たな攻撃をすで目論《もくろ》んでいた。早くもその晩、宴《うたげ》がお開きになって酔っ払いたちがいなくなると、マクマードの腕をつついて、初対面のときと同じ奥の部屋へ促した。

「おい、喜べ」親分は言った。「やっとお鉢が回ってきたぞ。おまえにふさわしい仕事があるから、任せようと思ってな」

「そいつは光栄だ」マクマードは答えた。

「仲間を二人連れていけ——マンダーズとライリーだ。やつらにはもう伝えてある。チェスター・ウィルコックスを始末しちまうまでは、この谷に安泰って文字はない。まんまと成功すりゃ、炭鉱地帯の支部は残らずおまえに感謝するだろうよ」

「最善を尽くすよ。で、ウィルコックスってのはどこの誰なんです？」

マギンティはずっと口の端にくわえて嚙《か》むかしゃぶるかしていた葉巻を置いて、手帳から破り取った紙におおざっぱな地図を描き始めた。

「やつはアイアン・ダイク社の現場監督をしてる。軍旗曹長上がりで、戦争の古傷が目立つ白髪交じりの頑固者だ。これまで二度しとめそこなった。まったく、ついてないぜ。ジム・カーナウェイが命を落としたってのに。それでおまえの出番ってわけだ。この地図でわかるとおり、やつの家はアイアン・ダイクの四つ辻《つじ》にぽつんと建ってる。音がしようが声がしようが誰にも聞こえない。ただし昼間はだめだ。やつは拳銃を持ってるから、怪しいと感じたら即座にぶっ放してくる。決行は夜にしろ——やつのほかに女房と三人の子供、それから女中もいるが、一人だけってわけにはいかない。やるなら皆殺しだ。玄関に爆薬と導火線を仕掛けて――」

「やつはなにをやったんです？」

「ジム・カーナウェイを殺したとさっき言ったぞ」

「なぜそんなことを？」

「知ってどうする。夜、カーナウェイがやつの家に近づいたら撃ってきやがった。それで充分だろう？　おまえが片をつけて来い」

「女三人と子供三人も道連れってことか」

「しかたあるまい――ほかにどうしようってんだ？」

「かわいそうですよ。なんの罪もないのに」

「ふざけやがって。臆病《おくびょう》風に吹かれたな？」

「ちょっと待った！　それは誤解だ。おれはいままで支部長の命令に怖気《おじけ》づいたようなことを言った覚えは一度もない。善かれ悪しかれ、決めるのはあんただ」

「じゃあ、やるんだな？」

「もちろん」

「いつ？」

「準備に二、三日かかる。家の下見をして、計画を練らないと。それに――」

「よし、わかった」マギンティは握手を求めた。「あとのことは一任する。朗報を楽しみにしてるぜ。これがとどめの一撃になって、誰もがおれたちの前にひざまずくだろう」

マクマードは突然転がりこんできた任務についてしばらく熟考した。チェスター・ウィルコックスの一軒家は五マイルばかり離れた隣の谷にある。下調べのため、その晩さっそく一人で見に行った。戻ってきたときには夜が明けていた。翌日は二人の手下、マンダーズとライリーと打ち合わせをした。二人とも向こう見ずな若者で、鹿狩りかなにかのつもりのように意気込んでいた。

二日後の晩、三人は拳銃と炭坑で使う発破用の爆薬を用意して町はずれで落ち合った。目的の一軒家に着いたのは午前二時だった。風の強い晩で、空を仰ぐと千切れ雲が満月に近い玉輪を滑るように横切っていた。ブラッドハウンド犬を飼っているとあらかじめ注意されていたので、銃の撃鉄を起こして慎重に進んだ。だが風のうなる音以外にはなにも聞こえず、動いているものといえば頭上で風に揺れる木の枝だけだった。

マクマードは玄関の前で耳を澄ました。家のなかは静まり返っている。袋に入った爆薬をドアの前に置き、ナイフで開けた穴に導火線を差しこんだ。最後に導火線に火をつけると、三人は急いで後退して安全な距離にある溝のなかで身を伏せた。その直後、すさまじい爆音とともに家ががらがらと崩れ去った。任務完了だ。支部の血塗られた歴史をひもといても、これほど鮮やかな手並みはないだろう。

ところが、なんということか、大胆かつ緻密《ちみつ》な計画が滞りなく遂行されたにもかかわらず、戦果は皆無だった。方々で犠牲者が出ていることから、次に狙われるのは自分ではないかと警戒したチェスター・ウィルコックスが、警察の目が届く安全な場所へ家族全員で引っ越していたのだ。それも、ほんの一日前に。爆薬で崩壊したのはただの空き家だった。軍旗曹長上がりの老人は、相変わらずアイアン・ダイク社の炭鉱で従業員たちを厳しく監督している。

「おれに任せろ」マクマードは主張した。「あいつはおれの獲物だ。たとえ一年かかろうと必ずしとめて見せる」

その宣言を支部の全員が感謝と信頼をこめて支持し、ひとまず収拾がついた。それから数週間後、ウィルコックスが待ち伏せしていた賊に射殺されたと新聞で報道され、マクマードがやりかけの仕事を完成させたことは公然の秘密となった。

要するに、これが自由民団のやり口である。スコウラーズは残虐な行為を繰り返して影響力を強め、豊かな栄えた土地を長年のあいだ恐怖で支配してきたのだ。これ以上彼らの醜い犯罪を書き連ねることになんの意味があろう。連中の実態にはもう充分ページを割いてきたのではなかろうか。

そうした凶行の数々は歴史上の事実として記録に残されているから、詳細はそれを読めば知ることができる。例を挙げれば、勇敢にも二人の団員を逮捕しようとしたハントとエヴァンズの両警官が丸腰の無力な状態で射殺された事件は、ヴァーミッサ支部が計画し、実行した冷酷な犯罪だった。また、マギンティ親分の命令で激しい暴行を受け、瀕死《ひんし》の状態だった夫を看病中、ラービィ夫人が射殺された事件もある。さらに、ジェンキンズ兄弟が立て続けに殺された事件、ジェイムズ・マードックがばらばらに切り刻まれた事件、スタップハウス一家爆死事件、スタンダール一家殺人事件などが、ひと冬のあいだに次々と起こった。

恐怖の谷は深い闇に包まれたままだ。春になれば小川のせせらぎが聞こえ、木々に花が咲く。厳しい冬からようやく解き放たれた自然は、明るい希望を運んでくる。だが、恐怖に縛られて生きるこの土地の者たちに希望はひとかけらもなかった。そして一八七五年の初夏、彼らの頭上を覆う暗雲はそれまでにも増して暗澹《あんたん》たる絶望に染まっていた。

第六章　危　機

恐怖の支配は絶頂期を迎えた。すでに支部長補佐の座についていたマクマードは、周囲からマギンティの後継者と目され、次期支部長の呼び声が高かった。いまや彼の助力と助言なしではなにひとつ進まないほど、支部にとって欠くべからざる人物となっていた。しかし自由民団での人気が高まれば高まるほど、ヴァーミッサでの評判は悪化し、通りですれちがう人々に眉《まゆ》をひそめてにらまれることもあった。

住民は恐怖におびえながらも勇気を奮い、圧制者に立ち向かうべく結束を固めているところだった。ヘラルド新聞社で秘密の集会が開かれたとか、一般市民に武器が配られたとか、いろいろな噂が団員の耳にも入ってきた。だが、マギンティ率いる支部の連中はまるで意に介さなかった。こっちは数で勝るうえ闘志満々で、武器も充分そろっている。それにひきかえ、相手は団結力のない腰抜けどもばかりではないか。今度もこれまでと同様、堂々巡りの話し合いか空振りの逮捕で決着がつくさ。マギンティとマクマードをはじめ、不敵な団員たちは皆そのように高をくっていた。

五月のある土曜の晩のことだった。マクマードが毎週土曜に開かれる支部の集会に出かけようとしていると、あの気弱な同志モリスが訪ねてきた。不安げに額にしわを寄せ、やつれきった顔に以前の穏やかな表情はみじんもない。

「折り入って話があるんだが、マクマード君」

「なんだい？」

「恩は忘れてないよ。前に一度本心を打ち明けたが、きみは他言しなかったばかりか、親分に探りを入れられても秘密を守ってくれた」

「信頼を裏切るわけにはいかないだろう？　あんたの意見に賛同したからじゃない」

「わかってるよ。だが安心して話せるのはきみだけでね。ここに秘密がしまってある」モリスは胸に手を当てた。「こいつのせいで心臓をじりじり焼かれてる気分だよ。なぜよりによってわたしなんだと恨めしい気分になる。しゃべったらまた人が殺されるだろう。黙ってたら支部は破滅する。いったいどうすりゃいいんだ！　このままじゃ気が変になっちまう！」

マクマードは相手をじっと見た。手足をぶるぶる震わせているので、グラスにウイスキーを注いで渡してやった。「いまのあんたに一番よく効く薬だ。さあ、話を聞こうじゃないか」

ウイスキーを飲んだおかげで、モリスの青白い顔にうっすら赤みが差した。「話は一言で済む。探偵がわれわれをねらってる」

マクマードはびっくりして目を丸くした。「ふざけるのはよせ。普段から巡査も刑事もうようよしてる土地だぜ。それでもこっちは痛くもかゆくもないじゃないか」

「いや、待て、地元のやつらとはちがうんだ。ああいう無能な連中じゃない。ピンカートン探偵社のことは知ってるだろう？」

「そういう名前をどこかの記事で見かけたな」

「よく聞いてくれ。あいつらに目をつけられたら一巻の終わりだ。いいかげんな役人どもとはわけがちがう。一度食らいついたら絶対放さない。どんな手を使ってでも必ず獲物をしとめる。ピンカートン探偵社のやつが真剣勝負を挑んできたら、支部はひとたまりもないだろう」

「じゃあ、消しちまおうぜ」

「そう来ると思ったよ。支部の仲間も同じことを言うに決まってる。人が殺されると言ったのはそれが理由だ」

「人が殺されるのがどうしたっていうんだ？　このへんではしょっちゅうだろう？」

「ああ、確かにな。だが自分が名前を漏らしたせいでそいつが殺されるってのは、後味が悪い。二度と安眠できなくなる。かといって、このままじゃわれわれの命が危ない。ああ、困った。どうすりゃいい？」モリスは悶々《もんもん》として身体を前後に揺らした。

マクマードのほうもいまの話にかなり動揺していた。命が危ないからなんとかしなくては、という意見に異存はなかった。モリスの肩をつかみ、激しく揺さぶった。

「おい、しゃきっとしろ！」興奮のあまり声が甲高くなった。「葬式の泣き女じゃあるまいし、いつまでもそうしてたって始まらないだろう？　事実を確認する。その男の名前は？　居場所は？　そいつのことはどこで聞きつけた？　どうしておれに知らせに来たんだ？」

「どうしてって、きみなら相談に乗ってもらえると思ったからだ。わたしがこの土地へ来る前は東部で店をやってたことは前に話したろう？　向こうにはまだ親しい友人がいて、そのうちの一人が電信局に勤めてるんだ。昨日、彼から手紙が来た。これがそうなんだが、上のあたりを読んでみてくれ」

マクマードは声に出して読んだ。

「『そちらのスコウラーズは手がつけられない状態のようですね。こちらの新聞でもしょっちゅう報じられています。ここだけの話ですが、連中に関して近々朗報が舞いこむかもしれません。なにしろ、五つの大企業と二つの鉄道会社が真剣に取り組んでいますからね。彼らが本気になれば、あの連中を打倒することなどわけないでしょう。

もう必要な手は打ってあるようで、依頼を受けたピンカートン探偵社が動きだしています。調査にあたっているのは社内でも右に出る者がいない腕利き探偵、バーディ・エドワーズですから、悪党どもが退治される日は近いと思っています』」

「追伸も読んでくれ」

「『言うまでもなく、これは業務上知り得た情報なので内密にお願いします。職場では毎日得体の知れない暗号文に出くわしますが、これもそのうちのひとつです』」

マクマードは手紙を持ったまま、放心の体《てい》でしばらく無言で座っていた。頭のなかの霧がようやく晴れると、目の前に暗い深淵《しんえん》が待ちかまえていた。

「このことはほかに誰が知ってる？」

「わたしは誰にも言ってない」

「だが、この男――あんたの友人が別の相手にも手紙を出してるんじゃないか？」

「うむ、わたし以外にもこっちに知り合いが何人かいるはずだ」

「支部の人間か？」

「おそらくは」

「ほかの手紙にバーディ・エドワーズってやつの人相が書いてあるかもしれないと思ってな。人相さえわかれば、先手を取れる」

「まあ、そうなんだが、友人も人相までは知らんだろう。仕事でたまたま目にしたから伝えてきてくれただけで、このピンカートンの男とは面識などないはずだ」

「あっ!」マクマードが急にぴんと来たらしく、声を上げた。「わかったぞ、あいつだ! いままで気づかずにいたとはうかつだったが、ツキはおれたちに味方したぞ! 向こうが手出ししてくる前に始末できる。モリス、この件はおれたちに任せてもらおう」

「かまわんが、巻き添えを食うのは勘弁願いたい」

「安心してくれ。おれが全部引き受けるから、知らん顔してればいい。あんたの名前は出さないよ。この手紙もおれのところへ来たことにして、おれ一人で片をつける。それならいいだろう?」

「願ったり叶《かな》ったりだ」

「じゃあ、決まった。あんたはここでお役御免ってことだな。これから支部へ行ってくる。ピンカートンのやつめ、図に乗りやがって。いまに見てろ」

「殺す気か?」

「そういうことは知らないほうが身のためだぜ、モリス。気がとがめなくて済めば、安心して寝られるしな。だからなにも訊《き》かずに忘れろ。ここからはおれの出番だ」

モリスは帰り際、悲しげにかぶりを振った。「自分の手を血で汚しちまった気分だ」

「そもそも、自己防衛なんだから殺人じゃない」マクマードが冷ややかに笑った。

「食うか食われるかだ。そいつをこの谷に居座らせたら、おれたちは全滅させられる。モリス、あんたは支部長に選ばれて然《しか》るべきだよ。支部を救った恩人なんだから」

そう軽口を叩《たた》いて見せたが、マクマードが新たに出現した敵を深刻にとらえているのはその後の行動から推察できた。良心の呵責《かしゃく》か、はたまたピンカートン探偵社は手強《ごわ》いとの評判か、あるいは資金の豊富な大企業が手《て》を組んでスコウラーズ一掃に乗りだしたせいか、とにかく彼は明らかに最悪の事態に備えようとする行動を取ったのである。

まず、下宿を出る前に犯罪の証拠になりうる書類はすべて処分した。それが済むと、ひとまず安心したのか深いため息をついた。が、まだ気がかりなことが残っていたので、支部へ行く途中でシャフター老人の家に立ち寄った。近づくのは禁じられた場所だったが、窓を叩くと幸いエティが出てきた。彼女は恋人の目からいつもの生気に満ちた光が消えているのに気づき、彼の真剣な表情に危険を察知した。

「なにかあったのね！　答えて、ジャック！　大変な目に遭ったんでしょう？」

「たいしたことはないよ、エティ。だが、のっぴきならない羽目に陥ってからでは遅い。いまのうちにここを離れよう」

「離れる？」

「約束したはずだよ、いずれこの谷とおさらばすると。どうやらその時が来たらしい。

今夜、ある知らせを受けた。悪い知らせだ。まずいことになりそうな予感がする」

「警察？」

「いや、ピンカートンだ。といっても、きみにはわかるまい。それがおれのような人間にどんな意味を持つかってことも。おれは深入りしすぎた。急いで抜けださないといけない。おれがここを去るときは一緒に来てくれると言ったね？」

「ええ、ジャック。あなたが助かる道はそれしかないでしょうから」

「エティ、おれは根っからの悪人じゃない。きみにはどこまでも誠実だ。たとえ天地がひっくり返ろうと、その美しい髪の一本だって傷つけない。きみを心からあがめ、雲上の輝かしい金の玉座から断じて引き下ろしはしない。おれを信じてくれるかい？」

エティは黙って彼の手を握った。

「よし、じゃあ、これから話すことをよく聞いて、言われたとおりにしてほしい。それがおれたちにとって唯一の道だからね。この谷で騒動が持ちあがりそうなんだ。もう避けられないだろう。危難に陥る者が大勢出るが、おれもそのうちの一人だ。逃げるとなったら、昼だろうと夜だろうとついて来てくれ！」

「あとからすぐに行くわ、ジャック」

「そうじゃない、一緒に来るんだ。この谷に締め出しを食ったら、おれは二度と戻ってこられないんだぞ。きみを残していけるわけないだろう。警察のお尋ね者になって、手紙で連絡を取ることさえできなくなるかもしれない。だから一緒に逃げないとだめだ。以前暮らしてた町に親切な女がいるから、結婚できるようになるまできみを預かってもらおう。一緒に来るね？」

「ええ、ジャック」

「信じてくれてありがとう！　きみの信頼を裏切るのは鬼畜の所業。絶対にそんなまねはしない。それじゃ、エティ、しっかり覚えておくんだよ。おれからの連絡は一言きりだ。それを受け取ったら、なにもかも放りだして停車場の待合室へ急げ。そこでおれが行くまで待っててくれ」

「昼だろうと夜だろうと、連絡が来たらすぐにそうするわ、ジャック」

逃げる手はずをととのえ、いくぶん気持ちが落ち着いたところで、マクマードは支部へ向かった。集会はすでに始まっていた。外の入り口と奥の入り口それぞれで見張りと複雑な合図を交わし、厳重な警備をくぐり抜ける。部屋へ入っていくと、嬉《うれ》しそうな歓迎の声に包まれた。細長い室内は人でぎっしり埋まり、もうもうとした煙草の煙の向こうに、黒いもじゃもじゃ頭のマギンティ、敵意むきだしの残忍そうなボールドウィン、禿鷲《はげわし》めいた書記のハラウェイ、そのほか十人あまりの幹部の姿がぼんやり見える。マクマードにとって好都合な状況だった。これだけの顔ぶれを前に例の重大問題を相談できるのだから。

「おう！　いいところへ来てくれたな、同志！」議長のマギンティが大声で言った。「ソロモン王の審判を要する難問があってな（旧約聖書『列王記　上』第三章十六節－二十八節に基づく。一人の赤ん坊を二人の女が取り合うが、ソロモン王の知恵によってどちらが本当の母親か判明する）」

「ランダーとイーガンが賞金をめぐってもめてるんだ」席に着くと、隣の男が教えてくれた。「スタイルズタウンでクラッブ老人を始末した件があったろう？　二人とも命中した弾は自分が撃ったと言い張ってるが、そんなことわかりっこないよな」

マクマードは椅子から立って手を上げた。彼の表情に皆の視線が釘付《くぎづ》けになり、なにが飛びだすのかと固唾《かたず》をのんで見守った。

「支部長殿」マクマードの声が重々しく響く。「緊急動議です！」

「たったいま、同志マクマードから緊急の発議があった」とマギンティ。「支部の規定によって最優先される。では聞かせてもらおう」

マクマードはポケットから例の手紙を出した。

「支部長ならびに同志諸君、残念ながら悪い知らせがあります。前触れなく襲撃されて滅びるよりは、速やかに情報を共有し、打開策を議論するほうが賢明と判断した次第です。この手紙によれば、有力な大企業数社が互いに手を結び、われわれの壊滅を目論《もくろ》んでいるとのこと。すでに連中の雇ったピンカートン探偵社のバーディ・エドワーズなる男が、この谷で証拠集めをおこなっている模様です。われわれを一網打尽にして、重罪犯の独房へぶちこむために。もはや一刻の猶予もならない状況であり、ただちに対策を講じるべきと考えます」

場がしんとなる。静寂を破ったのは議長の声だった。

「同志マクマード、根拠はあるのか？」

「あります。こういう手紙を入手しました」、マクマードは文面を読みあげた。「自分の名誉に関わるので手紙について詳細は明かせないし、お渡しすることもできませんが、支部の利害に関係するのはいま読んだ箇所だけです。わかってることは包み隠さず伝えました」

「議長、よろしいですか？」年配の団員が発言の許可を求めた。「バーディ・エドワーズの評判は聞いたことがあります。ピンカートン探偵社きっての凄腕《すごうで》らしい」

「やつの顔を知ってる者はいないか？」マギンティが尋ねる。

「おれが知ってます」マクマードが答える。

まわりが驚きの声でざわついた。

「われわれの手でやつを倒せるはずです」マクマードは勝ち誇った顔で続けた。「巧妙に機先を制するのが解決の近道でしょう。おれを信じて協力してもらえれば、そんなやつは恐れるに足りません」

「恐れるものか。おれたちに手出しなんかできっこないんだからな」

「議員さんのような肝っ玉の据わった人間ばかりなら、確かに恐れる必要はないでしょう。しかし、探偵の後ろには金をうなるほど持ってる資本家どもがついてます。金に目がくらんで寝返る者が支部から一人も出ないと言いきれますか？　エドワーズは必ず支部の秘密を手に入れる——もう手に入れてるかもしれない。よって、確かな解決法はただひとつ」

「この谷から生きて帰さない」ボールドウィンが言った。

マクマードはうなずいた。

「よくできたな、同志ボールドウィン。おまえとは意見が合ったためしがないが、いまのは正鵠《せいこく》を射た発言だ」

「そいつはどこにいる？　本人だと見分ける方法は？」

「支部長殿」マクマードはしかつめらしく言った。「このような重大事項を大勢の前で話していいものか、躊躇《ちゅうちょ》せざるを得ません。ここに集まってる仲間を疑っているのではなく、やつの耳に噂の切れ端ひとつでも入れば、われわれの勝利は泡と消えてしまうからです。そこで、支部が信任する特別委員会の設置を提案します。候補者を挙げさせてもらうと、まずは議長、あなたです。それから同志ボールドウィン。ほかに五人ほど加えれば充分でしょう。そういう場でなら、おれも役に立ちそうなことを知ってる限り話せます」

マクマードの提案はただちに承認され、委員も決まった。議長のマギンティ、ボールドウィン、禿鷲に似た書記のハラウェイ、〝虎〟の異名をとる残忍な若い殺し屋、コーマック、会計係のカーター、そしてウィラビー兄弟という面々だ。手段を選ばない命知らずぞろいである。

集会後の酒宴はいつものようには盛りあがらず、すぐにお開きとなった。気がかりなことがあれば、のんきに飲み騒いでなどいられない。ずっと晴れ渡っていた空に初めて暗雲が浮かぶのを見た思いがして、多くの者が法の容赦ない報復の予兆を感じたことだろう。一方的に他者をいたぶってきた彼らは自分たちが罰を受けるとは思ってもみなかっただけに、それが急に眼前に迫ってきてぎょっとしたはずだ。そんなわけで、皆、特別委員会のメンバーを残して早々に帰っていった。

「さて、マクマード。話を聞かせてもらおう」マギンティが切りだした。七人の男たちは椅子で身をこわばらせている。

「もう一度繰り返すと、おれはバーディ・エドワーズを知ってる」マクマードは話し始めた。「言うまでもないが、こっちでは本名を明かしてない。勇敢ではあっても馬鹿ではないですからね。スティーヴ・ウィルスンの偽名を使ってホブスンズ・パッチに滞在してる」

「よく知ってるな」

「本人とじかに話したことがあるんですよ。そのときは正体にまるで気づかなかった。手紙の件がなければ、やつと会ったことなんか忘れてたでしょうね。いまはあれがエドワーズだと確信してる。会ったのは水曜日、汽車のなかです。とっつきにくい男で、新聞記者だと言ってた。しばらくはおれもそれを信じこんだ。スコウラーズのことを知りたい、ニューヨークの新聞に記事を書くから、どんな〝暴虐行為〟を働いたか教えてくれってことだった。根掘り葉掘り訊《き》かれたが、もちろんこっちはしゃべりっこない。とうとう、〝編集長が気に入るような特ダネを持ち帰りたいんだ。謝礼はたっぷりはずむよ〟と言ってきたんで、ためしにやつが食いつきそうな話を軽く放ってみた。そうしたら、おれに二十ドル札を握らせて、〝知りたいことを教えてくれれば、この十倍を出そう〟と来た」

「で、おまえはどうした？」

「作り話を少しばかり聞かせてやりました」

「新聞記者じゃないとなぜわかったんだ？」

「そう、それなんですよ。やつはホブスンズ・パッチで降りた。おれも同じ停車場で降りて、電信局に立ち寄ったら、ちょうどやつが出てくるところだった。やつがいなくなったあとで、局員がおれにこう話しかけてきた。〝見てくれよ、これ。倍の料金をもらわないと割が合わないよ〟。おれは〝ああ、まったくだ〟と答えた。やつが書いてった用紙は中国語なのかなんなのか、おれには全然読めない文字でいっぱいだったんでね。局員によれば、〝あの人は毎日これなんだ。新聞に載せる特ダネらしいが、誰かに横取りされるのがよっぽど心配なんだろうね〟ってことだった。おれもそのときは同じように考えたが、いまはこれっぽっちも納得してない」

「当然だ！　おまえのにらんだとおりにちがいない」マギンティは言った。「問題はどういう手を打つかだな」

「すぐに乗りこんでって、始末しちまいましょうや」誰かが発言した。

「ああ、そうしようぜ。早けりゃ早いほどいい」

「ただちに行動開始といきたいところだが、居所がわからない」とマクマード。「ホブスンズ・パッチのどの家かまでは知らないんだ。ただし、いい考えがある。おれの計画どおりにしてもらえれば、うまく行くはずなんだが」

「話してみろ」

「明日の朝、おれがホブスンズ・パッチの電信局で例の局員にやつがどこに下宿してるか訊いてみます。たぶん知ってるでしょう。住所がわかったら、スティーヴ・ウィルスンことバーディ・エドワーズに会いに行って、自分は団員だと打ち明け、支部の秘密を丸ごと売ってやろうかと誘う。ころりとだまされますよ。あいつが話に乗ってきたところで、おれはこう持ちかける。自宅に証拠書類があるんだが、誰かに見られたらおれの命はないから、人目につかない時間帯ってことで夜の十時に来てもらいたい、と。もっともな要望だとやつは思うはずだ。これで準備は万端です」

「それで？」

「仕上げをどうするかはご自由に。おれの下宿は町はずれに一軒だけ離れて建ってるし、下宿のおかみさんのマクナマラ夫人はありがたいことにひどく耳が遠い。家にはほかにスキャンランとおれだけ。バーディ・エドワーズに来ると約束させて、準備が整ったら、皆に連絡する。七人全員、九時までにおれの下宿へ来てほしい。やつはおびき寄せられて必ず罠《わな》にはまる。それでも生きて帰れたら――やつが残りの人生でずっと自慢の種にできるくらい幸運ってことだ」

「そんなことはさせるか。ピンカートン探偵社に欠員を一人つくってやる」マギンティは息巻いた。「マクマード、お膳立《ぜんだ》ては頼んだぞ。明日の晩、九時におまえの下宿で集合だ。やつを家に入れてドアを閉めたら、あとはおれたちに任せろ」

第七章　バーディ・エドワーズの罠

本人が言ったとおり、マクマードの下宿は人通りの少ない町はずれに建つ一軒家で、しかも街道からだいぶ引っこんでいた。彼らのたくらむ犯罪にはおあつらえむきだ。本来なら、これまで何度も実行してきたように、呼びだした敵に銃弾を浴びせるという単純な方法で済んだだろう。しかし、今回は撃つ前にやるべきことがあった。情報をどこでどれくらい手に入れ、依頼主にはどこまで報告したのかを、相手からどうしても訊きださねばならない。

すべて報告済みで、目的を果たしたあとならば手遅れだ。しかし、その場合でも憎き探偵に報復はできるし、エドワーズがまだ肝心なことを知らない可能性は大いにあった。決定的証拠を握っているなら、マクマードが聞かせた少しばかりの作り話をわざわざ暗号文の電報で送ったりはしないだろう。

とにかく、じきになにもかも本人の口から明らかになるのだ。とらえてしまえばこっちのもの。どんな手を使ってでも白状させてみせる。強情な証人を扱うのはこれが初めてではない。

計画に従って、マクマードはホブスンズ・パッチへ出かけた。今朝は警察に注目されているらしく、シカゴにいた頃のマクマードを知っていると言ったマーヴィン署長が停車場で話しかけてきた。マクマードは無視して背を向けた。午後、任務を終えたあとユニオン・ハウスでマギンティに会った。

「やつは来ますよ」

「ようし！」マギンティが満足げに言った。大男は上着を脱いだシャツ姿で、ゆるいチョッキに印章のついた金ぴかの鎖を斜めに垂らし、剛毛の顎《あご》ひげの下からきらきら輝くダイヤモンドのピンをのぞかせていた。この土地で酒場と政治の双方を牛耳る親分は財力も権力も持っている。だからこそ、前の晩から脳裏にちらついている牢獄《ろうごく》と絞首台はなおのこと恐ろしく感じられるだろう。

「だいぶ秘密を嗅《か》ぎつけられてるのか？」マギンティが心配そうに訊く。

マクマードは暗い表情で答えた。「やつはかなり前からここにいます――ゆうに六週間は経ってるでしょう。炭鉱を見物したくて来たわけじゃないんですから、鉄道会社が出してくれる金で探りまわってたはずだ。場合によっちゃ情報をごっそり仕入れて、報告も済ませてるかもしれない」

「支部にほころびはひとつもないぞ」マギンティは吠《ほ》えた。「みんな鋼の神経の持ち主だ。いや、ちがった！　弱虫野郎のモリスがいる。やつはどうだ？　密告したやつがいるとすれば、やつ以外には考えられん。午後のうちに若いのを二人ばかりやって、締めあげてみるか。なにを吐くか楽しみだぜ」

「そうですね、悪くない考えでしょう」マクマードが言う。「本音を言えば、モリスのことはわりと好きだから、かわいそうな気はします。前に二、三度、支部のことで話したことがあるんですよ。おれたちと毎回意見が合うわけじゃないが、裏切るようなやつにも思えなかった。といっても、かばってやる義理はありませんがね」

「あの役立たずめ、足を引っ張りやがって！」マギンティがののしった。「よし、おれが始末する。一年前から目をつけてたんだ」

「ご判断はお任せします」マクマードは言った。「お好きなようにしてかまいませんが、明日まで待ってください。ピンカートンの件が片付くまではおとなしくしてないと。今日が肝心ですから、下手に警察を刺激しないほうがいいでしょう」

「おまえの言うとおりだ」マギンティは納得した。「ま、どっちみち情報の入手経路はじきにわかるがな。心臓をえぐり取ってでもバーディ・エドワーズに口を割らせる。罠だってことは感づかれてないいな？」

マクマードは笑った。「こっちはやつの弱みを握ってます。スコウラーズの情報を目の前にちらつかせりゃ、簡単に操れますよ。このとおり、小遣いをせしめてやりました」札束を出して見せながら、にやりとした。「おれが書類を全部見せれば、もっと払ってくれるんだそうです」

「書類？」

「特別なもんじゃありませんよ。規約や細則の入った文書と団員名簿がうちにあるから、来れば見せてやると持ちかけたんです。この土地を離れる前に調べられるものは全部調べておきたいんでしょう」

「へえ、なるほどな」マギンティが嫌味ったらしく言う。「持ってこいとは言われなかったのか？」

「そんな物を持って歩けるわけないですよ。おれは警察に目をつけられてますからね。今日だって停車場でマーヴィン署長に話しかけられた」

「ああ、そうだってな」とマギンティ。「おまえにとって風向きが悪くなりそうだぞ。今夜の仕事が済んだら、次はマーヴィンのやつを古い竪坑にでも落とすとするか。まあ、なにはともあれ、ホブスンズ・パッチにお住まいのエドワーズ閣下を先にお迎えしないとな」

マクマードは肩をすくめた。「ぬかりなくやれば、殺したことさえ誰にもわかりませんよ。下宿に来るのは暗くなってからだし、なかへ入れば二度と生きては出られない。誰にも見られっこありません。それじゃ、議員さん、段取りを説明しますんで、ほかのみんなに伝えといてください。まずは全員が早めに集合する。夜十時、やつが来る。ドアを三回ノックすれば、おれが開けてやることになってます。おれはそうしたあと、やつの背後に回ってドアを閉める。それでもう袋の鼠です」

「簡単じゃねえか」

「ただし、そのあとは念には念を入れないと。やつは力が強いし、武器も持ってる。うまくだましても、やつの警戒心を完全にはぎとるのは無理です。部屋に通されてみたら、おれ一人かと思ってたのに男が七人もいる。そうなりゃ、さすがにやつもおかしいと気づいて銃を抜く。撃ち合いがおっぱじまって、誰かが怪我をする」

「そうだな」

「しかも銃声を聞きつけて、町じゅうのおまわりが集まってくる」

「そいつはまずい」

「だから計画をひとひねりしてみたんです。前におれたちが話をした大きな部屋があるでしょう。議員さんたちにはあそこで待ってもらいます。おれはやつを玄関脇の客間へ通し、書類を取ってくると言って部屋を出る。で、みんなに途中経過を報告したあと偽の書類を持って戻る。やつがそれを読んでる隙に飛びかかって利き腕を押さえつけ、みんなを呼ぶ。そのときはすぐに駆けつけてください。全速力で。やつとおれの腕力はどっこいどっこいだから、長くは持ちこたえられない。援軍が来るまで必死でしがみついてるつもりですがね」

「ふむ、うまい計画だな」マギンティは言った。「マクマード様様だぜ。これで支部の将来は安泰だな。おれが辞めるときはおまえを後釜《あとがま》に据えてやろう」

「いやあ、議員さん、おれはまだまだひよっこですよ」マクマードはまんざらでもなさそうな顔つきだった。

下宿に戻ると、マクマードは間近に迫った大勝負の準備に取りかかった。まずは武器の手入れから。スミス・アンド・ウェッソンのリヴォルヴァーを掃除して油を差し、装弾する。次に獲物を閉じこめておく部屋の点検。広々していて、中央には細長い樅《もみ》材《ざい》のテーブルが、一方の壁には大きなストーブがある。残る三方は薄いカーテンがかかっているだけの鎧戸《よろいど》のない窓。マクマードは室内を注意深く見てまわった。この部屋は秘密の会合場所としては開放的すぎるな、とつくづく思った。だが街道からこれだけ離れていれば問題ないだろう。最後に下宿仲間のスキャンランと話をした。スキャンランはスコウラーズの一員だというのに気が小さくて、仲間の意見にいつも黙って従っているが、たまに手伝わされる流血沙汰《ざた》の荒事には内心おびえているのだ。マクマードは彼にこの家でこれから起こることを簡潔に伝えた。

「そういうわけだから、マイク・スキャンラン、今夜はここを離れたほうがいいんじゃないか？　夜のあいだに血みどろの騒ぎになるぜ」

「ああ、わかったよ、マック」スキャンランは同意した。「耐えようと思っても神経が持ちそうにないからな。炭鉱経営者のダンが襲われたときも、見てて気分が悪くなっちまった。おれはあんたやマギンティとはちがって、こういうことには向いてないようだ。支部のほうに異存がないなら、今夜の件はあんたたちにすっかり任せるよ」

示し合わせた時刻に全員がそろった。誰もがきちんとした服装で、まっとうな市民を気取っているが、険しい口元や無慈悲な目つきはバーディ・エドワーズが生きて帰れる望みはないと宣言しているようなものだった。部屋に集まった男たちは、これまで何度も手を血に染めてきた。彼らにとっては人を殺すことなど羊をさばくのとさして変わらないのだろう。

外見上も性格上も一番残忍なのはマギンティ親分だ。書記のハラウェイは首がひょろりと長い痩《や》せた皮肉屋の男で、神経質そうに手足をぴくぴく動かす。支部の財政問題に対しては真剣かつ忠実に取り組むが、それ以外のことには正義だの公正だのを貫く気はさらさらない。会計係のカーターは陰気で冷淡な感じの中年男で、黄ばんだ肌は羊皮紙さながらだ。戦術に長《た》け、過去の非道な謀《はかりごと》はほとんどがこの男の怜悧《れいり》な頭から生まれていた。一方、若いウィラビー兄弟はどちらも背が高く柔軟な身体を持つ行動派。顔に確固とした決意がありありと浮かんでいる。彼らと気が合う〝虎の〟コーマックはがっしりした体格の色黒の若者で、あまりに凶暴なので仲間からも恐れられているほどだった。こうした連中がピンカートンの探偵を殺害すべくマクマードの下宿で雁首《がんくび》をそろえたのである。

マクマードがテーブルに用意しておいたウイスキーで出陣式となった。ボールドウィンとコーマックは景気づけの酒で酔っ払い、荒々しい気性をむきだしにした。夜はまだ冷えるので、ストーブに火が入っていたが、コーマックはそれを素手でさわった。「あちっ。ふん、役立ってくれそうじゃないか」

「まあな」ボールドウィンが意味を察して相槌《あいづち》を打つ。「やつをそこに縛りつけてやりゃあ、簡単に口を割るぜ」

「なにがなんでも口を割らせる」マクマードは鋼の神経を見せつけるかのように勇ましく言った。今夜の全責任を負っている男がいつもどおり泰然自若としているので、ほかの者たちは感心して頼もしく思った。

「やつのことはおまえに任せりゃ安心だ」親分は満足げに言った。「喉《のど》におまえの手がかかるまで、なにひとつ疑わないだろうよ。窓に鎧戸がないのはちと気になるがな」

マクマードは窓のカーテンをきっちり閉めてまわった。「これなら誰にものぞかれない。そろそろ時間だな」

「来ないんじゃないか？　危険を嗅《か》ぎつけたのかもしれん」書記が言った。

「いいや、来る。心配ない」とマクマード。「こっちが会いたがってるように、向こうも来たくてたまらないはずだ。ほら、聞こえたろう？」

一同は椅子のなかで蠟《ろう》人形よろしく固まった。グラスを口へ持っていく途中でぴたりと手が止まった者もいる。玄関のドアに大きなノックの音が三回響いた。

「しっ！」マクマードが片手を上げて注意を促す。全員、歓喜のまなざしで目くばせし合い、おのおの隠し持っている拳銃《けんじゅう》に手をかけた。

「音は絶対にたてないでくれ！」マクマードはささやき声で言い残し、ドアを閉めて出ていった。

殺し屋どもは耳を澄ましながら、廊下を遠ざかっていく仲間の足音を数えた。そのあと玄関のドアが開く音が聞こえ、挨拶《あいさつ》らしき言葉が交わされた。続いて誰かがなかへ入ってくる足音と聞き慣れない声。その直後、ドアがバタンと閉まって鍵《かぎ》をかける音がした。獲物が罠《わな》にかかった瞬間だ。〝虎の〟コーマックがげらげら笑いだしたので、マギンティ親分は大きなごつい手で子分の口をふさいだ。

「静かにしろ、馬鹿野郎！」押し殺した声で叱った。「この疫病神めが！」

隣の部屋から低い話し声が聞こえてくる。待っている時間はうんざりするほど長く感じられた。やがてドアが開き、マクマードが唇に指をあてて現われた。

テーブルの端へ行って一同を見回したときのマクマードは、どことなくいつもとはちがう態度をまとっていた。一世一代の大勝負に挑もうとする者のようだ。顔は固く引き締まり、眼鏡の奥の目は決意と興奮で輝いていた。この場を完全に掌握しているのは見て明らかだった。待ちかねた様子の仲間たちを、マクマードは黙ったままなおも異様な目つきで一人一人見つめ返した。

「で、どうなんだ?」マギンティ親分がたまりかねて口を開いた。「やつはここにいるのか? バーディ・エドワーズは来たんだな?」

「来たとも」マクマードはゆっくりと答える。「バーディ・エドワーズはここにいる。おれがバーディ・エドワーズだ!」

十秒ほど、部屋が空っぽになったかのような深い沈黙が下りた。ストーブの上の沸騰したやかんの音が鋭く耳障りに響く。征服者を仰ぎ見る青ざめた七つの顔は、強烈な恐怖に縛られ、ぴくりとも動かない。そのとき、突然ガラスの砕け散る音がした。すべての窓から光る銃身がいくつも突っこまれ、カーテンは残らず引きちぎられた。

それを見たとたんマギンティ親分は手負いの熊のごとく咆哮《ほうこう》し、半開きのドアに向かって突進した。そこに立ちはだかっていたのは銃で狙いを定めた鉱山警察のマーヴィン署長だった。照準の向こうで青い目が険しい光をたたえている。親分はあとずさりして、もといた椅子に力なく腰を下ろした。

「命が惜しけりゃ、そこでおとなしくしてるんだな、議員さん」ついさっきまでマクマードと名乗っていた男が言い渡す。「それからボールドウィン、拳銃から手を離せ。死刑執行人の仕事を横取りするつもりか？　おい、早くしろ。さもないと――よし、いいだろう。この家は四十人の武装した警官隊に包囲されている。逃げられるかどうかはちょっとおつむを使えばわかるだろう。マーヴィン、こいつらの銃を！」

何挺《ちょう》ものライフル銃を向けられている状況では、抵抗しても無駄だった。悪党どもは武器を取りあげられ、そのあともまだ半ばあっけにとられているのか、いじけたようなむくれ顔でテーブルを囲んでいた。

「別れの挨拶《あいさつ》代わりに一言伝えておきたい」彼らを罠にかけた男が言った。「次に会うときのおれは法廷の証人席にいるだろう。宿題を出すから、それまでにやっておくがいい。おれが誰なのかはもう知ってるな？　これでやっと種明かしができるわけだ。あらためて教えてやる。おれこそがピンカートン探偵社のバーディ・エドワーズ、おまえたちの組織を壊滅させるために乗りこんできた。危険な難しい任務なのは承知してたから、どんなに近しい者にも打ち明けなかった。最愛の大切な人にさえも。おれの正体を知ってたのはここにいるマーヴィン署長と、この仕事の依頼人たちだけだ。ありがたいことに、それが今夜ようやく終わった。勝者はおれだ！」

七人は青白いこわばった顔で彼を見あげた。彼らのぎらつく目のなかで憎悪が暴れていた。視線から読み取れるのはただひとつ、激しい威嚇だった。

「勝負はまだ終わってないと考えてるようだな。受けて立とうじゃないか。といっても、このなかの何人かはもう参加できないだろうがな。今夜はおまえたち以外にも六十人以上がブタ箱行きになる。正直言って、この仕事を依頼されたときはおまえたちのような組織が本当に存在するとは思わなかった。どうせただの噂だから、それを証明してやろうと考えてた。その組織が自由民団とつながってると耳にはさんで、シカゴへ行って入団してみたら、ただの噂だという確信はますます強まった。害がないどころか、非常に良心的な団体だったんでね。

とはいえ、任務をまっとうするには現地へ行かなけりゃならない。それでこの炭鉱の谷へ足を踏み入れたんだが、自分の考えは間違ってたとすぐに気づいた。噂でも三文小説じみた作り話でもなく現実なんだと思い知らされ、しばらく腰を落ち着けて調べることにした。おれはシカゴで人を殺したことはないし、贋金《にせがね》づくりに関わったこともない。おまえたちに渡した金は全部本物だ。金の使い道としちゃ、あれ以上有意義なものはなかったよ。どうすれば組織で気に入られるかはわかってた。だから警察に追われてる男を演じて見せたのさ。なにもかも思いどおりに運んだ。

そんなわけで、いまいましい支部の一員になって、おまえたちの会議に出席した。おれも悪事に加担したと言うやつも出てくるだろうが、しょせん負け犬の遠吠《とおぼ》えだ。

勝手にほざくがいい。実際はどうなのか知りたいか？ おれが入団した晩、おまえたちは新聞社のスタンガー老人を襲った。残念ながらあのときは時間がなくて本人に警告してやれなかったが、ボールドウィン、とどめをさそうとしたおまえを止めたのはおれだったな。支部での地位を固めるため悪だくみをいくつも提案してきたが、もちろん標的を守る算段は立ててあった。ダンとメンジーズだけは情報不足で助けられなかったが、彼らを殺したやつらは必ず絞首台へ送ってやる。チェスター・ウィルコックスには襲撃を伝えておいたから、家が爆弾で吹き飛ばされる前に家族を連れて別の場所へ逃げた。むろん防げなかった犯罪はたくさんあるが、じっくり思い出してみろ。狙ってた男がいつもとちがう道で帰宅したり、家を襲ったら留守だったり、外で待ち伏せしてたが自宅から出てこなかったりしたろう？　あれは全部おれのしわざだ」

「裏切り者めが！」マギンティが歯ぎしりして悔しがった。

「そうかい、ジャック・マギンティ。なんとでも言ってくれ。それで気が済むならな。おまえたちは神の教えに背き、この土地の住人にとって敵でしかなかった。長年苦しめられてきた哀れな人々を誰かが救ってやらなければならない。そのための方法はただひとつ。おれはそれを実行し、成功させた。おまえはおれを裏切り者と呼んだが、ほかの大勢の者たちから見れば、地獄の谷へ助けに来てくれた命の恩人かもしれないぜ。

この仕事には結局三ヵ月かかった。たとえワシントンの財務省にいくらでも金を出すと言われても、こんな役目は二度とごめんだ。支部の全員について把握し、秘密をすべて探りだすまでは、ここを離れるわけにはいかなかった。おれの秘密が漏れそうだと気づかなければ、もうしばらくとどまっただろう。まさか一通の手紙に突然足をすくわれるとはな。ぐずぐずしてる暇はない。ただちに行動を起こすことにした。

　最後にもうひとつ言っておきたい。いずれ命の尽きる時が来たら、おれはこの谷で成し遂げた仕事を誇りに思って安らかに旅立つだろう。さて、マーヴィン、待たせて悪かったな。警官隊を呼んで、仕事を済ませてくれ」

　記すべきことはあとわずかだ。マクマードからエティ・シャフター宛の封書を託されたスキャンランは、事情を察し、片目をつぶって笑顔で引き受けた。次の日の早朝、美しい娘と顔をスカーフで覆った男は、鉄道会社が用意した特別列車に乗りこんで、滞りなく速やかにこの危険な土地をあとにした。それ以降、エティもその恋人も恐怖の谷へは二度と足を踏み入れなかった。十日後、二人はジェイコブ・シャフター老人を立会人にシカゴで結婚式を挙げた。

　スコウラーズの裁判は、残党が法の番人たちを脅かすことのないよう遠い地で開かれた。残党は仲間を助けようと無辜《むこ》の人々からゆすり取った金を惜しげもなく注ぎこんだが、無駄骨に終わった。組織の内幕を知る一人の証人がおこなった、スコウラーズの実態や連中による犯罪の詳細を冷静かつ明確に暴いていく陳述は、弁護側が弄《ろう》した手練手管にも一切揺るがなかった。長年はびこっていた悪の組織はついに滅び、一味は散り散りになった。谷に重く垂れこめていた暗雲はめでたく吹き払われたのである。

マギンティは死刑を言い渡され、縮こまってすすり泣きながら絞首台へ上がった。主だった手下八人も同じ運命をたどったほか、五十人あまりが長短異なる禁固刑に処せられた。バーディ・エドワーズの仕事はこれで完結したかに思われた。

しかし、本人が予想していたとおり、勝負はまだ終わらなかった。次の段階、さらにその次の段階へと続いていったのだ。というのも、テッド・ボールドウィンやウィラビー兄弟をはじめとする極悪人数名が絞首刑を免れたからである。彼らは十年間服役したあと、刑期を終えて出所することになった。その日、連中の残虐さを知り抜いたエドワーズは、自分にはもはや死ぬまで平穏は訪れないのだと悟った。一味は仲間の敵討ちのためエドワーズを血祭りに上げようと誓い合い、決死の覚悟で動きだした。

二度にわたって命を狙われたエドワーズは、三度目は防ぎきれないと判断してシカゴを離れた。名前を変えて移り住んだ先はカリフォルニアだったが、最愛のエティに先立たれて心の支えを失ったうえ、ここでも殺されかけた。やむなく再び名前を変えてダグラスと名乗り、辺鄙《へんぴ》なベニト・キャニオンでイギリス人のバーカーと一緒に働いて財を成した。

ところが、猛犬どもにまたしても居場所を嗅《か》ぎつけられたため危機一髪で脱出し、今度はイギリスへ渡った。その後、ジョン・ダグラスなる男は立派な女性と再婚し、サセックス州で紳士として五年間幸せに暮らしていたが、そんな穏やかな生活もわれわれが見聞きした奇怪な事件によって終焉《しゅうえん》を迎えたというわけである。

エピローグ

ジョン・ダグラスの事件は、警察裁判所を経て上級裁判所へ移された。そして巡回裁判で正当防衛が認められ、ダグラスは無罪放免となった。

「ご主人を早急に国外へ連れだしてください」ホームズはダグラス夫人宛に忠告の手紙を書いた。「この国にはご主人が過去にかいくぐってきた危険よりもはるかに恐ろしい敵が潜んでいます。イギリスにとどまっていては、命の保証はありません」

それから二ヵ月が過ぎると、私たちの頭のなかで徐々に事件の記憶が薄れていった。そんなある朝、郵便受けに謎めいた手紙が届いた。「おやおや、ホームズ君！　おやおや！」というホームズの口癖をまねただけの奇妙な内容だった。ほかには宛名も差出人のサインもない。私はただのいたずらだと思って笑ったが、ホームズはめったに見ないほど真剣な表情だった。

「悪魔だよ、ワトスン！」ホームズはそう言ったきり、暗い顔つきで長いこと座っていた。

その晩遅く、下宿のおかみさんのハドスン夫人が紳士の来訪を取り次ぎに来た。急を要する重大な用件でホームズさんに会いたいとおっしゃっています、とのことだった。すぐあとから入ってきたのは、濠《ほり》に囲まれたあのバールストン館で知り合ったセシル・バーカー氏だった。顔がげっそりとやつれている。

「悪い知らせです──恐ろしいことが起こりました、ホームズさん」

「ちょうど心配していたところです」ホームズは答えた。

「あなたのもとにも海外電報が？」

「それを受け取った者から手紙が来ました」

「かわいそうなダグラス。本名はエドワーズだと聞かされても、わたしにとってはいつだってベニト・キャニオンのジョン・ダグラスなんです。夫妻が三週間前にパルミラ号で南アフリカへ向かったことは前にお伝えしましたね？」

「ええ」

「船は昨夜ケープタウンに着きました。すると今朝、ダグラス夫人からこのような海外電報が届いたのです。

『セント・ヘレナ沖の暴風でジョンが甲板から落下、行方不明。事故の目撃者はなし。アイヴィ・ダグラス』」

「なんと！　その手で来たか」ホームズは考えこんで言った。「なるほど、うまく仕立てあげたものだな」

「事故ではないとお考えで？」

「事故であるはずがない」

「彼は殺されたのですか？」

「そのとおりです！」

「わたしもそう思います。執念深い憎きスコウラーズの悪党どもが――」

「いえいえ、ちがいます」とホームズ。「この件にからんでいるのはもっと大物です。銃身を切り詰めたショットガンだの六連発拳銃《けんじゅう》だの、そういう雑な犯罪とは似ても似つかない。筆さばきだけで巨匠の絵画を見分ける者がいるように、僕もモリアーティの所業は一目でわかります。今回の殺しはアメリカではなくロンドンにいる人間がたくらんだものです」

「しかし、なんのために？」

「いいですか、これは絶対に失敗を許さない男のしわざです。その人物は何事にも必ず成功するという実績の上に現在の比類なき地位を築きました。一人の男の抹殺に、偉大な頭脳と強大な組織が投じられたわけです。いわば巨人の金槌《かなづち》で木の実を割るようなもの――ばかげているとしか言いようのない力の無駄遣いですが、木の実を叩《たた》きつぶすという目的は過たなく達せられる」

「そんな男がなぜ首を突っこんできたんでしょう？」

「僕に言えるのは、そもそも今回の件を最初に知らせてきたのがその男の手下だったということだけです。例のアメリカ人たちも考えましたね。ほかの国の犯罪者と同様、イギリスで仕事をするならイギリスきっての犯罪専門家に協力を求めるのが一番だと気づいた。その瞬間、狙われた男の運命は決まってしまったのです。

くだんの犯罪専門家は、まず自分の組織力を駆使して獲物の居所を突き止めた。だがそれでは飽き足らず、獲物のしとめ方まで教えてやったんでしょう。やがてアメリカの殺し屋がしくじったことを新聞で知り、自らが巨匠の筆さばきを手本として示すことになった。あなたもお聞きになったはずだが、僕はバールストン館でダグラスさんに、アメリカから追いかけてくる敵よりも大きな危険に見舞われる恐れがある、と警告しました。そのとおりになりましたね」

やり場のない怒りに打ちひしがれ、バーカーは拳骨《げんこつ》で自分の頭を叩いた。「それなのに、ただ黙ってじっとしているしかないんですか？　悪の帝王と対決できる者はいないんですか？」

「いいえ、いないとは言いません」ホームズは遠い未来を見つめるまなざしになった。

「倒せない敵ではないと思っていますから。ただし、時間をいただかなければ――どうしても時間が必要なのです！」

私たちはしばらく無言で座っていた。ホームズの決意に満ちた目は、ベールの向こうの運命を射るように見据えていた。

訳者あとがき

サー・アーサー・コナン・ドイル（一八五九－一九三〇）作『恐怖の谷』*The Valley of Fear* の全訳をお届けします。

名探偵シャーロック・ホームズと相棒ジョン・H・ワトスンの活躍を描いたこの作品、初出は〈ストランド〉誌で、一九一四年九月から一九一五年五月にわたって連載されました。全六十篇のホームズ物語のうち四篇しかない長篇のひとつです。他の三篇は発表順に、大都会ロンドンでめぐり会ったホームズとワトスンが初めて二人で事件に挑む『緋色の研究』、ワトスンとのちに妻となるメアリーとの出会いが盛り込まれた『四つの署名』、短篇『最後の事件』にてホームズが宿敵モリアーティとの一騎打ちの果てにライヘンバッハの滝に沈んだことになっていた時期に発表された『バスカヴィル家の犬』。おわかりのように、シリーズ全体を俯瞰《ふかん》するうえで重要な作品ばかりです。本書『恐怖の谷』は第一作『緋色の研究』と同じく二部構成を用いており、前半はイギリスの田園地帯にたたずむ跳ね橋がついた古式ゆかしい領主館、後半はアメリカの谷間に栄える殺風景な炭鉱の町がそれぞれ主な舞台となっています。当然ながら、物語の雰囲気もがらりと変わります。暗号解読を含む鮮やかな謎解きと推理をじっくり味わえる前半に対し、後半ではハードボイルド風の不穏な展開の先にあっと驚く大団円が用意され、さらに舞台をロンドンに戻してホームズが未来への決意に燃える場面で物語の幕が下ります。最後の長篇として有終の美を飾るにふさわしい傑作といえるでしょう。

内容に関し、ご参考までにいくつか説明を添えておきます。本文からの引用箇所があるほか、登場人物について詳しく触れていますので、未読の方はご注意ください。

＊〝「ジョナサン・ワイルドは探偵じゃない。小説に出てくる架空の人物でもない。実在の大悪党なんだ。前世紀――一七五〇年あたりに生きていた」〟（31ページ）

ホームズの言葉に出てくるジョナサン・ワイルドなる人物は、一六八三年頃に生まれ、一七二五年に没したイギリスの犯罪者。ロンドンで盗品故買屋となり、泥棒から安く買い叩《たた》いた盗品で被害者から謝礼金をせしめる組織犯罪の首謀者でしたが、最後は絞首刑に処せられました。ヘンリー・フィールディングが著わした長篇小説『大盗ジョナサン・ワイルド伝』（一七四三）の主人公でもあります。

＊〝これは一八八〇年代の終わりにさしかかろうとする頃の話である。〟（20ページ）
〝距離にして西へ数千マイル、歳月にして約二十年、飛び越えることになる〟（142ページ）
〝時は一八七五年二月四日、この地は厳しい冬を迎え、ギルマートン連山の峡谷は深い雪に覆われていた。〟（146ページ）
以上の引用から、後半の時代設定に食い違いが生じているのがわかりますが、これは作者が意図したものとみるべきでしょう。その理由として、本書がピンカートン探偵社の設立者アラン・ピンカートン（一八一九－一八八四）によって書かれた『モリー・マグワイアーズと探偵たち』*The Molly Maguires and the Detectives*（一八七七年）を土台にしている可能性が高いことが挙げられます。
モリー・マグワイアーズはアメリカのペンシルヴェニア州に実在したと伝えられるアイルランド系炭鉱労働者の秘密結社です。彼らが現地の資本家側を標的に暴行や殺人を繰り返していると疑った実業家フランクリン・ゴウエン（鉄道会社と炭鉱会社を経営）は、ピンカートン探偵社に調査を依頼し、ジェームズ・マクパーランドが同結社に潜入して証拠集めを行いました。その際に使った偽名はジェームズ・マッケンナ。彼が本書に登場するジャック・マクマードのモデルと思われます。マクパーランドの略歴を紹介しますと、一八四四年にアイルランドで生まれ、一九一九年にアメリカのデンバーで死去。一八六七年にニューヨークへ渡り、警官などの職を経てシカゴで酒屋を開くものの、シカゴ大火災で全財産を失ったためピンカートン探偵社に雇われました。兄弟が二人おり、ドイツ系の女性と結婚したのはその一方のチャールズでしたが、本書には実在のモリー・マグワイアーズ事件（一八七六－七八）と共通する要素が多く、その点に配慮してドイルが時代設定をずらしたと考えられています。

最後に、株式会社ＫＡＤＯＫＡＷＡの光森優子氏と校閲の方々には貴重な助言と指摘を頂戴《ちょうだい》しました。深く感謝いたします。

二〇一九年七月

駒月　雅子

本書は、訳し下ろしです。

恐怖《きょうふ》の谷《たに》

コナン・ドイル　駒月雅子《こまつきまさこ》＝訳

令和元年 10月25日　初版発行
令和7年 5月10日　7版発行

発行者●山下直久

発行●株式会社KADOKAWA
〒102-8177　東京都千代田区富士見2-13-3
電話　0570-002-301（ナビダイヤル）

角川文庫 21863

印刷所●株式会社KADOKAWA
製本所●株式会社KADOKAWA

表紙画●和田三造

●お問い合わせ
https://www.kadokawa.co.jp/（「お問い合わせ」へお進みください）
※内容によっては、お答えできない場合があります。
※サポートは日本国内のみとさせていただきます。
※Japanese text only

ISBN 978-4-04-108622-3　C0197

角川文庫発刊に際して

角川源義

第二次世界大戦の敗北は、軍事力の敗北であった以上に、私たちの若い文化力の敗退であった。私たちの文化が戦争に対して如何に無力であり、単なるあだ花に過ぎなかったかを、私たちは身を以て体験し痛感した。西洋近代文化の摂取にとって、明治以後八十年の歳月は決して短かすぎたとは言えない。にもかかわらず、近代文化の伝統を確立し、自由な批判と柔軟な良識に富む文化層として自らを形成することに私たちは失敗して来た。そしてこれは、各層への文化の普及滲透を任務とする出版人の責任でもあった。

一九四五年以来、私たちは再び振出しに戻り、第一歩から踏み出すことを余儀なくされた。これは大きな不幸ではあるが、反面、これまでの混沌・未熟・歪曲の中にあった我が国の文化に秩序と確たる基礎を齎らすためには絶好の機会でもある。角川書店は、このような祖国の文化的危機にあたり、微力をも顧みず再建の礎石たるべき抱負と決意とをもって出発したが、ここに創立以来の念願を果すべく角川文庫を発刊する。これまで刊行されたあらゆる全集叢書文庫類の長所と短所とを検討し、古今東西の不朽の典籍を、良心的編集のもとに、廉価に、そして書架にふさわしい美本として、多くのひとびとに提供しようとする。しかし私たちは徒らに百科全書的な知識のジレッタントを作ることを目的とせず、あくまで祖国の文化に秩序と再建への道を示し、この文庫を角川書店の栄ある事業として、今後永久に継続発展せしめ、学芸と教養との殿堂として大成せんことを期したい。多くの読書子の愛情ある忠言と支持とによって、この希望と抱負とを完遂せしめられんことを願う。

一九四九年五月三日

角川文庫海外作品

シャーロック・ホームズの冒険
コナン・ドイル
石田文子＝訳

世界中で愛される名探偵ホームズと、相棒ワトスン医師の名コンビの活躍が、最も読みやすい最新訳で蘇る！　女性翻訳家ならではの細やかな感情表現が光る「ボヘミア王のスキャンダル」を含む短編集全12編。

シャーロック・ホームズの回想
コナン・ドイル
駒月雅子＝訳

ホームズとモリアーティ教授との死闘を描いた問題作「最後の事件」を含む第2短編集。ホームズの若き日の冒険など、第1作を超える衝撃作が目白押し。発表当時に削除された「ボール箱」も収録。

緋色の研究
コナン・ドイル
駒月雅子＝訳

ロンドンで起こった殺人事件。それは時と場所を超えた悲劇の幕引きだった。クールでニヒルな若き日のホームズとワトスンの出会い、そしてコンビ誕生の秘話を描く記念碑的作品、決定版新訳！

四つの署名
コナン・ドイル
駒月雅子＝訳

シャーロック・ホームズのもとに現れた、美しい依頼人。彼女の悩みは、数年前から毎年同じ日に大粒の真珠が贈られ始め、なんと今年、その真珠の贈り主に呼び出されたという奇妙なもので……。

バスカヴィル家の犬
コナン・ドイル
駒月雅子＝訳

魔犬伝説により一族は不可解な死を遂げる――恐怖の呪いが伝わるバスカヴィル家。その当主がまたしても不審な最期を迎えた。遺体発見現場には猟犬の足跡が……謎に包まれた一族の呪いにホームズが挑む！

角川文庫海外作品

Yの悲劇

エラリー・クイーン
越前敏弥＝訳

大富豪ヨーク・ハッターの死体が港で発見される。毒物による自殺だと考えられたが、その後、異形のハッター一族に信じられない惨劇がふりかかる。ミステリ史上最高の傑作が、名翻訳家の最新訳で蘇る。

Zの悲劇

エラリー・クイーン
越前敏弥＝訳

黒い噂のある上院議員が刺殺され刑務所を出所したばかりの男に死刑判決が下されるが、彼は無実を訴える。サム元警視の娘で鋭い推理の冴えを見せるペイシェンスとレーンは、真犯人をあげることができるのか？

レーン最後の事件

エラリー・クイーン
越前敏弥＝訳

サム元警視を訪れ大金で封筒の保管を依頼した男は、なんとひげを七色に染め上げていた。折しも博物館ではシェイクスピア稀覯本のすり替え事件が発生する。ペイシェンスとレーンが導く衝撃の結末とは？

ローマ帽子の秘密

エラリー・クイーン
越前敏弥・青木　創＝訳

観客でごったがえすブロードウェイのローマ劇場で、非常事態が発生。劇の進行中に、NYきっての悪徳弁護士と噂される人物が、毒殺されたのだ。名探偵エラリー・クイーンの新たな一面が見られる決定的新訳！

フランス白粉の秘密

エラリー・クイーン
越前敏弥・下村純子＝訳

〈フレンチ百貨店〉のショーウィンドーの展示ベッドから女の死体が転がり出た。そこには膨大な手掛りが残されていたが、決定的な証拠はなく……難攻不落な都会の謎に名探偵エラリー・クイーンが華麗に挑む！

角川文庫海外作品

オランダ靴の秘密
エラリー・クイーン
越前敏弥・国弘喜美代＝訳

オランダ記念病院に搬送されてきた病院の創設者である大富豪。だが、手術台に横たえられた彼女は既に何者かによって絞殺されていた!? 名探偵エラリーの超絶技巧の推理が冴える〈国名〉シリーズ第3弾！

ギリシャ棺の秘密
エラリー・クイーン
越前敏弥・北田絵里子＝訳

急逝した盲目の老富豪の遺言状が消えた。捜索するも一向に見つからず、大学を卒業したてのエラリーは墓から棺を掘り返すことを主張する。だが出てきたのは第2の死体で……二転三転する事件の真相とは!?

エジプト十字架の秘密
エラリー・クイーン
越前敏弥・佐藤　桂＝訳

ウェスト・ヴァージニアの田舎町でT字路にあるT字形の標識に磔にされた首なし死体が発見される。全てが〝T〟ずくめの奇怪な連続殺人事件の真相とは!? スリリングな展開に一気読み必至。不朽の名作！

アメリカ銃の秘密
エラリー・クイーン
越前敏弥・国弘喜美代＝訳

ニューヨークで2万人の大観衆を集めたロデオ・ショー。その最中にカウボーイの一人が殺された。衆人環視の中、凶行はどのようにして行われたのか!? そして再び同じ状況で殺人が起こり……。

シャム双子の秘密
エラリー・クイーン
越前敏弥・北田絵里子＝訳

休暇からの帰途、クイーン父子はティピー山地で山火事に遭う。身動きが取れないふたりは、不気味な屋敷を見付け避難することに。翌朝、手にスペードの6のカードを持った屋敷の主人の死体が発見される。

角川文庫海外作品

チャイナ蜜柑の秘密
エラリー・クイーン
越前敏弥・青木 創＝訳

出版社の経営者であり、切手収集家としても有名なカーク。彼が外からエラリーと連れ立って帰ると、1人の男が全て逆向きになった密室状態の待合室で死んでいた。謎だらけの事件をエラリーが鮮やかに解決する。

スペイン岬の秘密
エラリー・クイーン
越前敏弥・国弘喜美代＝訳

北大西洋に突き出したスペイン岬。その突端にあるゴドフリー家の別荘で、殺人事件が起きた。休暇中のマクリン判事のもとに遊びに来ていたエラリーはその捜査に付き合わされることに。国名シリーズ第9弾。

中途の家
エラリー・クイーン
越前敏弥・佐藤 桂＝訳

トレントンにあるあばら屋で、正体不明の男が殺された。しかし、その男の妻を名乗っているのは2人……男は重婚者で2つの都市で別々の人格として暮らしていたことが判明した。はたして犯人は……。

ウール（上）（下）
ヒュー・ハウイー
雨海弘美＝訳

地下144階建てのサイロ。カフェテリアのスクリーンに映る、荒涼とした外の世界。出られるのは、レンズを磨く「清掃」の時のみ。だが、「清掃」に出た者は、生きて戻ってくることはなかった。

シフト（上）（下）
ヒュー・ハウイー
雨海弘美＝訳

2049年、下院議員ドナルドは地下壕サイロを設計した。完成を祝う党大会の最中、上空で核爆弾が爆発、人々は地下壕へ逃げ込んだ。2110年、誰もが「以前」の記憶を消された世界で一人の男が覚醒した。

角川文庫海外作品

ダスト（上）（下）
ヒュー・ハウイー
雨海弘美＝訳

一度出たら生きて帰れないといわれる外界からサイロ18に帰還し、市長となったジュリエット。発見した他のサイロを救うため、トンネルの掘削を始めたが、反発は強く、サイロ18は再び危機に見舞われる――。

サンド
ヒュー・ハウイー
雨海弘美＝訳

砂丘に囲まれた紛争と暴力の町。サンドダイバー・ヴィクトリアの父は失踪、家族は壊れつつあった。そこに父の娘を名乗る少女が現れて。砂漠化した未来、閉ざされた共同体と家族の再生を描くSFファンタジー。

ダ・ヴィンチ・コード（上）（中）（下）
ダン・ブラウン
越前敏弥＝訳

ルーヴル美術館のソニエール館長が館内のグランド・ギャラリーで異様な死体で発見された。殺害当夜、館長と会う約束をしていたハーヴァード大学教授ラングドンは、警察より捜査協力を求められる。

天使と悪魔（上）（中）（下）
ダン・ブラウン
越前敏弥＝訳

ハーヴァード大の図像学者ラングドンはスイスの科学研究所長からある紋章について説明を求められる。それは十七世紀にガリレオが創設した科学者たちの秘密結社〈イルミナティ〉のものだった。

デセプション・ポイント（上）（下）
ダン・ブラウン
越前敏弥＝訳

国家偵察局員レイチェルの仕事は、大統領へ提出する機密情報の分析。大統領選の最中、レイチェルは大統領から直々に呼び出される。NASAが大発見をしたので、彼女の目で確かめてほしいというのだが……。

角川文庫海外作品

パズル・パレス（上）（下）
ダン・ブラウン
越前敏弥・熊谷千寿＝訳
史上最大の諜報機関にして、暗号学の最高峰・米国家安全保障局のスーパーコンピュータが狙われる。対テロ対策として開発されたが、全通信を傍受・解読できるこのコンピュータの存在は、国家機密だった……。

ロスト・シンボル（上）（中）（下）
ダン・ブラウン
越前敏弥＝訳
キリストの聖杯を巡る事件から数年後。ラングドンは旧友でフリーメイソン最高幹部ピーターから急遽講演を依頼される。会場に駆けつけた彼を待ち受けていたのは、切断されたピーターの右手首だった！

インフェルノ（上）（中）（下）
ダン・ブラウン
越前敏弥＝訳
フィレンツェの病院で目覚めたラングドン教授は、ここ数日の記憶がないことに動揺した。そこに何者かが襲いかかる。医師シエナと逃げ出したラングドンは、ダンテ『神曲』〈地獄篇〉に手がかりがあると気付くが。

犬の力（上）（下）
ドン・ウィンズロウ
東江一紀＝訳
血みどろの麻薬戦争に巻き込まれた、DEAの捜査官、ドラッグの密売人、コールガール、殺し屋、そして司祭。戦火は南米のジャングルからカリフォルニアとメキシコの国境へと達し、地獄絵図を描く。

キング・オブ・クール
ドン・ウィンズロウ
東江一紀＝訳
舞台は南カリフォルニア。大麻の種子を持ち込んだ軍人のチョンは平和主義者のベンを相棒に大麻供給グループを作り上げ、麻薬密売組織との大勝負に挑む。2人は腐敗警官との取引に生き残りを賭けるが!?

角川文庫海外作品

報復
ドン・ウィンズロウ
青木　創・国弘喜美代＝訳
元デルタフォース隊員のデイヴは、無差別テロで最愛の妻子を失った。絶望のどん底にある彼は、テロの後処理をめぐり、ある奇妙な事実に気づく。そして自らの手で敵に鉄槌を下すため、闘うことを決意する。

失踪
ドン・ウィンズロウ
中山　宥＝訳
平穏な町で起きた5歳の少女の失踪事件。3週間が経ち、誰もがその生還を絶望視する中、第2の事件が起きた。事件を担当する刑事デッカーはすべてをなげうち、わずかな手がかりを元に少女の行方を追う——。

ザ・カルテル　(上)(下)
ドン・ウィンズロウ
峯村利哉＝訳
麻薬王アダン・バレーラが脱獄し、身を潜めるDEA捜査官アート・ケラーも動きはじめた。宿命の対決、再び。圧倒的な怒りの熱量で、読む者を容赦なく打ちのめす。21世紀クライム・サーガの最高峰。

ニック・メイソンの第二の人生
スティーヴ・ハミルトン
越前敏弥＝訳
警官殺しの罪で服役中のニック・メイソンは、ある人物の手配で25年の刑期前に出所した。条件は、携帯電話が鳴ったら出てどんな指示であれ従うこと。謎めいた指示は何のためなのか？　過酷な日々が始まる。

悪魔のソナタ
オスカル・デ・ミュリエル
日暮雅通＝訳
19世紀、切り裂き魔が跋扈するイギリス。スコットランド・ヤードのイアン警部は、密命を帯びてエディンバラで起きた猟奇殺人事件の調査に赴く。そこで待ち受けていたのは、オカルトマニアの警部だった……。